# Die Hafenbande

Für Bernd

1. Auflage 2015

ISBN 978-3-7641-5051-8

Umschlaggestaltung, Cover- und Innenillustrationen: Susanne Göhlich
Druck und Bindung: Interak, Czarnków
Gedruckt auf Papier aus geprüfter nachhaltiger Forstwirtschaft.
www.ueberreuter.de

Sibylle Rieckhoff

# Die Hafenbande

Mit Illustrationen von
Susanne Göhlich

ueberreuter

# Inhalt

# Vorweg

Damit du Bescheid weißt: Die Geschichte spielt hier.

Hamburg ist ziemlich groß. Nicht so riesig wie New York, nicht so piefig wie Klein-Kleckersdorf. Irgendwas dazwischen. Und mitten durch Hamburg fließt ein Fluss, der heißt Elbe. Nicht, dass du denkst, jetzt gibt es Heimatkunde. Keine Angst!

Ich will dir nur kurz den Hafen zeigen, vielleicht kennst du den ja nicht.

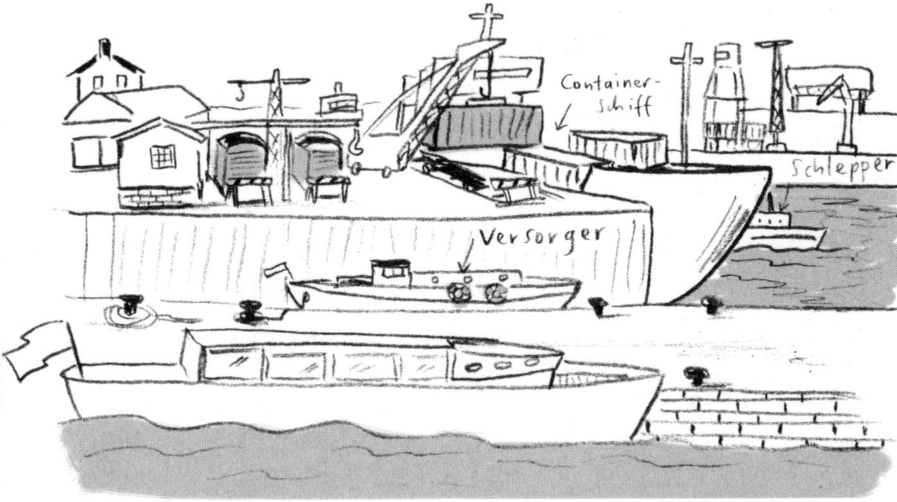


Nicht weit davon entfernt liegt neben der Elbe ein Strand und hier hat sie begonnen. Die Geschichte, von der ich dir erzählen will. Mit Olli, Malte und mir. Bernie gehört auch noch dazu, aber das kommt später.

Eigentlich sind wir gar keine richtige Bande. Aber das Wort »eigentlich« sollte es eigentlich gar nicht geben, sagt Malte, und da hat er recht. Oder auch nicht. Denn eigentlich wollten wir an dem Tag was ganz anderes machen als das, was dann kam. Aber plötzlich wurde es spannend und wir waren eine Bande. Alles klar? Nee, wahrscheinlich nicht. Ich versteh's ja selber nicht ganz. Ich erzähl jetzt alles mal der Reihe nach, dann weißt du, was ich meine.

# Betreten verboten!

Der Reihe nach heißt: am besten vorne anfangen. Sonst kannst du den ganzen Rest nicht verstehen und ich kann mir das Gequatsche sparen.

Also, angefangen hat alles vor zwölf Jahren, da wurde ich nämlich geboren. Nein, Scherz. Richtig los ging's, als ich Olli kennenlernte. Er verpasste mir einen Tritt gegen das Schienbein, von dem ich noch Wochen später was hatte. Sozusagen zur Begrüßung. Das war am ersten Tag im Kindergarten und ab da war alles klar. Olli war der Boss, er ist der Boss, er bleibt der Boss. Punkt.

Aber ich bin der andere Boss. Denn was Olli in den Fäusten hat, hab ich im Kopf und zusammen sind wir unschlagbar. Das hat auch Olli bald kapiert, deshalb wurden wir Freunde. Bis heute. Und für immer. Zwischendurch hab ich allerdings echt gedacht, jetzt ist Schluss. Der soll seinen Scheiß alleine machen, ohne mich. Das ist noch gar nicht lange her …

Ich erinnere mich genau an den Tag, als Olli und ich an der Elbe waren. Plötzlich zog ein Gewitter auf, so eins von der ganz üblen Sorte. Wo man glaubt, die Welt geht unter. Pechschwarze Wolken, Blitze wie Rasiermesser. Witzig, wie schnell die Leute dann werden! Jeder rennt um sein Leben. Oder um nicht nass zu werden. Weicheier! Olli und ich sind einfach weitergegangen.

Wir hatten auch gar keine andere Wahl.

»Scheiß-Köter!«, fluchte Olli. »Dämlicher, blöder Kotz-Köter!«

Kannst du dir was Peinlicheres vorstellen? Nein, kannst du nicht. Denn es gibt nichts Peinlicheres. Also, da gehen zwei Typen durch den strömenden Regen (allein das ist schon völlig bescheuert) und rufen mit alberner Stimme: »Daisy, hierher! Zu mir! Daisy, wo steckst du? Kommkommkommschnell!«

Absurd.

Pervers!

Ätzend.

Aber genau so war's.

Zur Erklärung: Daisy gehört Marie. Marie ist Ollis kleine Schwester. Wenn Marie ihren Willen nicht kriegt, gibt's Krach, aber richtig. Also kriegt sie ihren Willen. Deshalb bekam sie irgendwann nach langem Rumgenerve auch Daisy.

Das wäre ja nicht weiter schlimm, ich hab nichts gegen Hunde. Auch nichts gegen kleine Schwestern, obwohl ich ohne auch ganz gut auskomme. Schlimm ist nur, dass Olli manchmal das Gassigehen übernehmen muss, wenn Marie krank ist oder Geige üben soll oder als Strafe, wenn Olli wieder mal Mist gebaut hat. Was diesmal der Grund war, weiß ich nicht mehr.

Tatsache ist, dass Olli und ich mit Hund an der Elbe im Regen rumliefen, anstatt gemütlich vorm Computer abzuhängen, wie wir das eigentlich vorhatten.

»Frische Luft tut gut!«, hatte Ollis Mutter gesagt und uns energisch zur Tür rausgeschoben. Ich hatte vorsichtshalber gleich mein Rad mitgenommen. Falls Daisy zu sehr nervte, könnte ich jederzeit fliehen und Olli alleinlassen mit dem Stress. Denn eins steht fest: Daisy ist nicht ohne. Das Allerschlimmste ist, dass dieser Hund absolut nicht gehorcht. *Sitz!, Platz!, Pfui!, Komm!* – alles Fremdwörter für Daisy. Zum Glück ist sie zum Weglaufen meistens zu faul.

Das war an diesem Tag anders. Angewidert vom Regen, erschrocken vom Donner – was weiß ich. Daisy kriegte plötzlich mordsmäßig Speed drauf und verschwand. Quetschte sich durch eine Lücke in einem Zaun, obwohl da klar stand, was Sache ist: »Betreten verboten! Eltern haften für ihre Kinder.«

Daisy kann nicht lesen. Oder scherte sich nicht drum, keine Ahnung. Auf jeden Fall war sie plötzlich weg.

»Scheiße!«, sagte Olli.

»Riesenscheiße«, sagte ich.

Und ich war echt froh, dass das Ollis Sippschaft ist und nicht meine. Sprich: Ollis Problem und nicht meins. Meiner Flucht stand also nichts im Wege. Außer der Tatsache, dass Olli mein Freund ist – und deshalb bin ich geblieben.

Wir also auf der einen Seite des Zauns und Daisy auf der anderen. Und dazwischen dieses Schild, vor dem man ja doch irgendwie Muffe hat. Ein bisschen jedenfalls. Ich jedenfalls. Wer weiß, was passiert, wenn man sich nicht dran hält? Vielleicht liegt da jemand mit einer Schrotflinte auf der Lauer. Oder man wird verhaftet …

Quatsch.

Trotzdem: So ein Schild hängt nicht an einer Frittenbude. Das hat seinen Grund. Das fand Olli auch und der hat nun wirklich niemals Schiss. Er hockte sich vor das kleine Loch und versuchte es noch mal im Guten.

»Daisy, komm! Feines Hundchen!«

Zu Hunden muss man freundlich sein, hatte Marie ihm eingebläut. Kann sein, aber es sah trotzdem reichlich blöd aus, wie Olli klitschnass auf dem Boden hockte und das Loch im Zaun beschwor wie einen bösen Geist. Das fiel ihm dann irgendwann auch auf und er brüllte: »Verdammte Töle! Wenn du nicht sofort kommst, dreh ich dir den Hals um!«

Nun kann man niemandem den Hals umdrehen, der nicht da ist. Aber geschenkt.

In diesem Augenblick hörten wir sie winseln. Jämmerlich, erbärmlich. Das Tier war in Todesangst, uns blieb überhaupt keine Wahl – wir mussten Daisy retten.

Olli und ich sahen uns stumm an. Wir brauchten keine Worte, der Fall war klar. Und ein lächerlicher Zaun von knapp einsachtzig ist für uns kein echtes Hindernis. Ganz easy waren wir drüber.

»Das gibt Ärger«, sagte Olli.

Ich kann mich täuschen, aber irgendwie sah er zufrieden dabei aus.

Es ist nicht so, dass Olli den Ärger direkt sucht. Aber er geht ihm auch nicht aus dem Weg. Und wenn ich so gebaut wäre wie er, würd ich das wohl auch nicht tun.

Wir sind wie Bud Spencer und Terence Hill in »Vier Fäuste für ein Halleluja«. Das ist ein Western, den ich manchmal mit Papa gucke. Ich bin genau wie der coole Blonde, meine Stärken liegen eher im Kopf und mein Grips ist wesentlich beeindruckender als meine Muskeln. Deshalb raff ich vieles schneller als Olli.

Zum Beispiel, wenn was nicht stimmt, so wie hier.

Irgendetwas in mir sträubte sich energisch dagegen, weiterzugehen. Eine innere Alarmglocke schrillte.

Ein Instinkt erwachte, wie ihn eigentlich normalerweise Tiere haben – oder besonders feinfühlige Menschen wie ich.

Olli sah das anders.

»Schisser!«, sagte er nur.

Olli kennt mich genau, er wusste, was ich dachte. Aber ich kenne Olli auch. Äußerlich ist er oft ruppig und rau, aber er hat einen weichen Kern. Solche Sachen meint er nicht so. Er hatte bloß keinen Bock, die Sache allein anzugehen. Obwohl, streng genommen war es ja sein Hund und damit irgendwie auch sein Bier, aber es schien mir popelig, mit ihm darüber zu streiten. Wenn mir in der Schule einer dumm kommt, klärt Olli ja auch nicht die Besitzverhältnisse, bevor er mich verteidigt. Er ist ein echt guter Kumpel, aber ich bin das auch.

Deshalb habe ich schließlich auf Olli gehört und nicht auf meine innere Stimme. Und was soll ich dir sagen? Das war genau richtig!

# Der alte Schuppen

Kleine Zustandsbeschreibung der Situation in dem Moment: unkomfortabel von allen Seiten.

Von oben immer noch nass.

Von hinten schob Olli mich gnadenlos vorwärts.

Von vorn hörte Daisy nicht auf zu jaulen.

»Hört sich nicht gut an«, murmelte Olli.

Da hatte er recht. Aber Daisy jaulte oft, es gab immer einen Grund.

Mal hatte sie Hunger, mal Langeweile. Manchmal auch Flöhe. Und richtig gut hörte es sich nie an, also war es nicht weiter erstaunlich.

Aber Fakt war auch, wir konnten sie nicht einfach dort lassen, wo immer sie auch steckte. Nicht auszudenken, was passieren würde, wenn Olli ohne den Hund nach Hause käme. Obwohl, wenn man die ganze Sache mal pragmatisch betrachtete, so ganz ohne Gefühlsduselei, hätte es durchaus gewisse Vorteile. Für Olli und für mich. Keine Zwangsspaziergänge mehr bei Wind und Wetter. Keine stinkenden Kötel, die man pflichtbewusst vom Gehweg ins Tütchen schaufeln muss. Stattdessen Zettel an den Bäumen:

»Hund entlaufen. Hört niemals – schon gar nicht auf den Namen Daisy. Hohe Belohnung für jeden, der sie NICHT wiederbringt!«

Pfui Nick, so was darf man nicht denken! Und schon gar nicht sagen. Hab ich auch nicht. Stattdessen schlich ich wie ein Dschungelkämpfer über ein verwildertes Grundstück. Riskierte Kopf und Kragen und eine lange Haftstrafe obendrein, schob kratzende Zweige zur Seite, die uns ins Gesicht peitschten wie Lianen im Urwald, und hielt tapfer dem Monsunregen stand. Stundenlang.

Na ja, nicht ganz …

Nur so lange, bis wir IHN entdeckten.

Zugewachsen. Windschief. Morsch.

»Ein alter Schuppen«, stellte Olli fest.

»Ach nee, ich hätte eher auf Schloss Neuschwanstein getippt.«

Olli ist Weltmeister im Blöde-Bemerkungen-überhören. Und ich biete ihm viele Gelegenheiten zum Üben, denn mir fällt zu jedem Mist was ein.

Olli ging noch ein paar Schritte weiter auf den Schuppen zu und rief: »Geil!«

Das wiederum kann bei Olli Verschiedenes heißen: *Irre!,* zum Beispiel. Oder: *Erstaunlich! Riskant! Gefährlich! Abgefahren! Seltsam …*

In diesem Fall war es alles zusammen.

Der Schuppen sah so aus:

Er hatte schon bessere Zeiten hinter sich, eindeutig. »Ungepflegt!«, würde meine Mom sagen und sofort zu Eimer und Wischmopp greifen. Aber Olli war nicht meine Mom. Er betrachtete den Schuppen eine Weile und zog dann die linke Augenbraue hoch.

Das macht er immer, wenn er nachdenkt und die Lösung nicht so schnell findet. Oder wenn er angespannt ist. Oder relaxed. Also ziemlich oft.

»Denkst du dasselbe wie ich?«, fragte er.

»Mmh.«

»Und was?«

»Dass dein entzückendes Hündchen wohl dadrinnen steckt.«

»Genau.«

Bis hierher war alles ganz logisch. Und Daisys klagende Laute ließen keinen Zweifel daran. Das leise Fiepen ging in ein klägliches Winseln über und endete in einem empörten Bellen. Aber etwas war seltsam.

»Macht Daisy für gewöhnlich die Tür hinter sich zu?«, fragte ich Olli.

»Eher nicht. Sie tritt sich auch nicht die Pfoten ab.«

»Dann hat sie das mit dem Verriegeln gerade gelernt. Oder …«

»Oder sie ist nicht allein dadrinnen«, ergänzte Olli.

Bravo, super kombiniert!

Meine innere Stimme schrie jetzt so laut, dass man sie eigentlich bis zur anderen Elbseite hören musste:

»HAU AB!!«

Aber dafür war es zu spät.

»Stell dich nicht so an!« Olli machte ein entschlossenes Gesicht. »Wir gehen jetzt da rein, sagen höflich Guten Tag!, schnappen uns Daisy und fertig. Wahrscheinlich hockt dadrinnen ein armer Gärtner, der Schutz vor dem Gewitter gesucht hat. Der lässt das Gekläffe über sich ergehen, weil er tierlieb ist und den Hund nicht rausschmeißen will. Wir sollten ihn erlösen.«

Ja, vielleicht. Vielleicht aber auch nicht.

Olli nimmt immer das Beste an und ist baff erstaunt, wenn es nicht so kommt. Bei mir läuft es irgendwie anders. Mir fallen jedes Mal tausend Sachen ein oder auf, die alles kompliziert machen. Das kann nerven, ich weiß. Aber manchmal ist das auch nützlich. In diesem Fall war es so.

Ich hielt Olli zurück und zeigte auf die Rückseite des Schuppens, an die ein Fahrrad gelehnt war. »Guck mal da!«

»Ja und?« Olli sah mich fragend an. »Fahren Gärtner etwa nicht Rad?«

»SOLCHE Räder bestimmt nicht!«, erwiderte ich leise. »Guck mal genau hin. Erkennst du es nicht?«

Wir schlichen beide vorsichtig näher an das Rad heran. Es war ein Jungsrad, ein arschteures Teil. 28 Gänge, mit allem Technik-Schischi drum und dran. Und blitzend vor Chrom wie ein Diamant in der Sonne; der Porsche unter den Bikes.

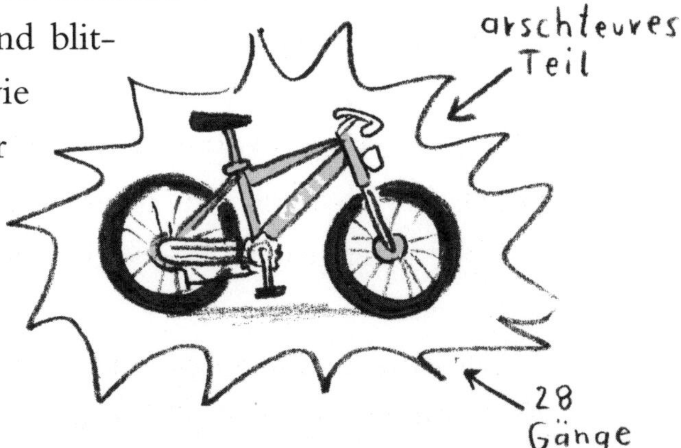


In den Rahmen waren drei Buchstaben eingraviert:

*M. v. T.*

»Das gibt's doch nicht!« Ollis Augenbraue führte einen wilden Tanz auf, rauf, runter und wieder hoch. »Das ist Maltes Rad! Das wurde ihm doch gerade geklaut.«

Genau so war es. Und die Tatsache, dass das geklaute Rad nun ausgerechnet hier rumstand, veränderte die Situation dramatisch. Zumindest glaubte keiner von uns beiden mehr an den Gärtner, der im Schutz der Hütte einen warmen Kamillentee schlürfte. Aber an was glaubten wir dann?

Ehrlich gesagt, ich weiß es nicht mehr.

Wir hatten vier Möglichkeiten, Olli und ich.

1. Daisy rausholen, Rad mitnehmen, abhauen.
2. Daisy rausholen, Rad dalassen, abhauen.
3. Daisy dalassen, Rad mitnehmen, abhauen.
4. Daisy und Rad dalassen, abhauen.

Alle vier Möglichkeiten waren irgendwie blöd. Zum Glück fiel uns noch eine fünfte ein.

»Wir rufen Malte an«, sagte Olli, »ist ja schließlich sein Rad.«

Ollis Ideen sind nicht immer genial, aber diese hier war's. Zu dritt ist man stärker als zu zweit und Olli kann tausendmal behaupten, dass er vor nichts und niemandem Angst hat – so ganz wohl war ihm bei dieser Aktion auch nicht. Er wählte Maltes Nummer, die Mailbox sprang an.

»Mann, Alter, wo steckst du? Los, geh ran!«, fluchte Olli. Genervt steckte er sein Handy wieder ein. »Wetten, der ist auf dem Tennisplatz? Oder er bewegt sein Reitpferd, damit es nicht depressiv wird vor Langeweile.«

Ich deutete stumm auf die Regentropfen, die uns noch immer über das Gesicht liefen.

»Okay, vielleicht auch nicht«, stimmte Olli mir zu. »Dann sitzt er vermutlich gemütlich vor dem Kamin und spielt Memory mit Geldscheinen.«

Ich hab es ja schon mal gesagt: Olli meint es häufig nicht so, wie es aus ihm rausblubbert. Bevor er weiternörgeln konnte, klingelte sein Handy und Malte war dran. Der reagierte echt cool, als Olli ihm von unserem Fund erzählte.

»Was? Wo? Ich komme!«

Damit Malte uns findet, sind Olli und ich erst mal wieder zurück zum Zaun gestiefelt. Und es dauerte keine Viertelstunde, da kam Malte schon den Strandweg runter, auf Bernies Rad, im Affentempo. Bernie saß hinten auf dem Gepäckträger und klammerte sich an Malte fest wie ein Äffchen. Das nützte aber nichts. Denn als Malte abrupt bremste, flog Bernie durch die Luft und landete unsanft auf der Schnauze.

Eins muss man ihm lassen: Er ist hart im Nehmen. Er stand aus dem Matsch auf und strahlte uns an: »Hallo, da sind wir!«

Oh, gut zu wissen! Das hätten Olli und ich sonst gar nicht bemerkt.

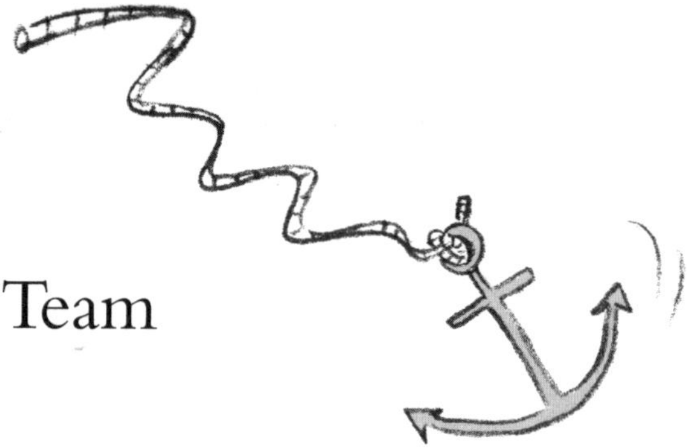

# Das Dream-Team

Bevor ich weitererzähle, muss ich mal kurz was über Malte sagen. Denn ganz ehrlich: Der Typ ist speziell. Und Bernie sowieso.

Fangen wir bei Malte an.

Punkt 1:

Malte geht in unsere Klasse, obwohl er da nicht hingehört, denn er ist ein Jahr älter als Olli und ich (was nicht heißt, dass er schlauer ist, im Gegenteil).

Preisfrage: Was ist mit dem los?

Richtig: Malte dreht eine Ehrenrunde.

»Wenn ich was mache, dann mache ich es gründlich!«, sagt er immer zu dem Thema und grinst. Es ist ihm völlig wurscht, wie lange er für die Schule braucht, denn hinterher wird er auf jeden Fall Chef. Das ist ihm in die Wiege gelegt wie anderen ein besonderes Talent.

Damit kommen wir zu Punkt 2:

Maltes Vater gehört eine Reederei und Sohnemann erbt mal alles. Und damit das auch jedem klar ist, zieht er sich jetzt schon an wie Graf Rotz. Immer hanseatisch dunkelblau, immer schnieke und gediegen. Und immer irgendwo ein Monogramm drauf: *M. v. T.*, Malte von Thun. So wie bei kleinen Kindern, deren Namen man in die Mützen stickt, damit sie nicht verloren gehen (weder die Kinder noch die Mützen).

Ich finde Malte nicht verkehrt. Es kann niemand was dafür, wenn er reich ist – das ist ja keine ansteckende Krankheit. (Obwohl, eigentlich schade! Wär doch nicht schlecht, sich mit Reichtum anzustecken. Besser jedenfalls als mit Krätze oder Keuchhusten oder ähnlichem Ekelzeug … ) Und dass Maltes Alter unsere Klassenfahrten sponsert, ist schließlich ein edler Zug von ihm. Also sollte man nicht meckern. Außerdem kann man sich schieflachen, wenn Malte so richtig in Fahrt kommt und den arroganten Schnösel raushängen lässt. Die Rolle spielt er gut. Olli behauptet zwar, das sei gar nicht gespielt, aber mir ist das egal. Tatsache bleibt: Malte ist speziell.

Jetzt zu Bernie.

Der ist auch speziell, aber ganz anders. Er ist Maltes Cousin, aber ähnlich sehen die sich null. Bernie hat ein Vollmondgesicht, große Kulleraugen und eine Knubbelnase.

Er strahlt wie ein Baby und benimmt sich auch so. Nicht immer, aber oft.

Malte hat uns das mit Bernie mal lang und breit erklärt. Der ist nicht krank, der ist nur behindert. Und das auch nur ein ganz kleines bisschen, nicht viel mehr als du und ich. Dem fehlt ein Chromo… äh, Dingsda, oder er hat eins zu viel oder so … Ich hab's vergessen. Aber ist ja auch egal, kann man sowieso nicht mehr ändern.

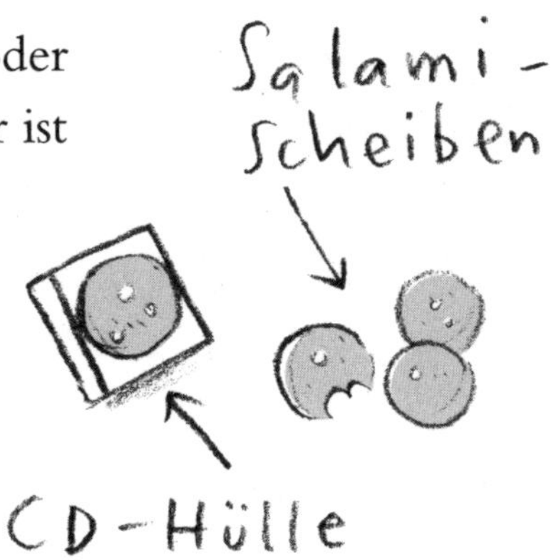


Bernie macht manchmal den größten Quatsch, da kommst du von selbst nicht drauf! Neulich hat er eine Salamischeibe in den DVD-Player gesteckt. Und sich gewundert, dass kein Film kam.

So richtig schimpfen tut keiner mit ihm, das finde ich manchmal ungerecht. Aber eigentlich auch okay, wer wird schon gerne angemeckert.

Bernie geht auf eine andere Schule, aber nachmittags ist er immer dabei, egal, was wir machen. Dann hängt er sich an Malte dran wie eine Klette ans Hundefell. Malte findet das in Ordnung, meistens jedenfalls. Denn Bernie ist nicht nur anhänglich, sondern auch sein größter Fan. Wenn Malte Witze erzählt, lacht Bernie sich schlapp, auch wenn die so alt sind wie mein Opa.

Wenn Malte Mist baut, kriegt Bernie die Schuld und nimmt es klaglos hin. So einen muss man erst mal finden! Aber Malte weiß das auch zu schätzen. Wehe, du sagst was gegen Bernie, dann kriegst du echten Ärger mit ihm.

Aber zurück zur Geschichte, sonst verliere ich noch den Faden …

Also, dieses Dream-Team stand nun da unten an der Elbe und sah Olli und mich erwartungsvoll an.

»Was habt ihr denn hier eigentlich zu suchen?«, wollte Malte wissen.

Typisch. Anstatt uns mal zu loben: »Toll, dass ihr mein Rad gefunden habt!«, von einem Dankeschön ganz zu schweigen, kam bloß so ein Spruch.

»Wir ermitteln undercover in geheimer Mission«, sagte Olli wichtig. »Dein Rad ist nur ein Zufallstreffer. Wir sind ganz anderen Sachen auf der Spur.«

Bernie strahlte ihn bewundernd an. Aber bevor Olli so richtig in Fahrt kommen und sich als Superman präsentieren konnte, funkte ich gnadenlos dazwischen.

»Uns ist der Hund abgehauen.«

»Aha.«

Man kann von Malte kein ernsthaftes Verständnis für so belanglose Dinge erwarten. Wenn die zwei Doggen seiner Familie mal Lust verspüren, ihre adligen Geschäfte außerhalb des parkähnlichen Grundstücks zu erledigen, dann ist das immer ein Fall für die Haushälterin. Nicht vorstellbar, dass Malte mal selber mit den Viechern Gassi geht. Aber wenn er schon fragte, sollte er auch eine ehrliche Antwort bekommen. Ich bin immer für Klarheit.

»Da, wo Daisy steckt, ist auch dein Rad. Capito?«

Malte sah mich für einen kurzen Moment verwirrt an. Dann fragte er ernst: »Heißt das: Der Fahrraddieb hat auch den Hund geklaut?«

Ach du Scheiße – daran hatten wir noch gar nicht gedacht. Was wäre, wenn Malte recht hätte? Wenn der Typ Lösegeld verlangte? Oder noch viel schlimmere Forderungen stellte? Ein übler Fall von Dognapping, einmalig in der Kriminalgeschichte …

»Kommt rüber!«, befahl Olli. Seine Stimme duldete keinen Widerspruch.

Und bevor Bernie sich versah, hatte Malte ihn unterm Po gepackt, Olli ihn von oben gegriffen und er wurde über den Zaun befördert wie ein nasser Sandsack. Malte kletterte hinterher, ohne Rücksicht auf die feinen Klamotten. Und als wir vier da so standen, war uns allen klar, dass gerade ein echtes Abenteuer begann.

Na ja, Bernie vielleicht nicht.

»Ich muss mal!«, quengelte er und verschwand im Gebüsch.

Als Bernie fertig war, schlichen wir alle zusammen zurück zum Schuppen. Der Regen hatte aufgehört, das war die gute Nachricht. Die schlechte: Bernie hatte jetzt einen Schluckauf. Zuerst leise, dann immer lauter. Und es nützte gar nichts, dass er sich die Hand vor den Mund hielt, es wurde immer schlimmer. Stell dir das bloß mal vor: Da gibt man sich alle Mühe, lautlos zur Hütte zu gelangen, um wen auch immer bei was auch immer auf frischer Tat zu ertappen – und dann das!

Genauso gut könnte man bei jedem Schritt rufen:

»Hier sind wir!«

»Und jetzt hier!«

»Und jetzt da!«

Das war schon ziemlich bescheuert.

»Halt endlich die Luft an, Bernie!«, schnauzte Olli.

Bernie gehorchte brav. Er tut alles, was man ihm sagt, und ab sofort war Ruhe. Wir gingen in die Hocke und robbten die letzten Meter auf Knien durch das feuchte Gras. Egal, wir waren ja eh schon nass, da kam es darauf nun auch nicht mehr an.

Im Schuppen war es still. Daisy hatte sich offenbar beruhigt. Oder ... hatte sie jemand ... zum Schweigen gebracht? Olli und ich wechselten einen kurzen Blick. Es war höchste Zeit zu handeln, das war uns beiden klar.

Malte auch, aber der hatte andere Probleme. Er machte einen Riesensatz auf Bernie zu und schüttelte ihn heftig.

»Ey, spinnst du? Los, hol Luft!«

Bernie war rot wie eine vollreife Tomate, sein Blick stierte ins Leere. Ich schwöre, der wäre gleich umgekippt, da fehlte nicht mehr viel. Aber jetzt schnappte Bernie nach Luft und strahlte Malte dankbar an.

»Der Schluckauf ist weg, guck mal!«

Und das schrie er vor lauter Erleichterung so laut, dass man es bis zum Leuchtturm am Strand hören konnte. Und ganz sicher im Schuppen.

# Kunkels & Co.

Wir duckten uns hinter ein Gebüsch und Malte hielt Bernie den Mund zu. Der hat wirklich null Gespür dafür, was man tun und was man besser lassen sollte, da kann er gar nichts dafür, sagt Malte. Manchmal ist das ja auch ganz lustig, dann kann man echt lachen über Bernie.

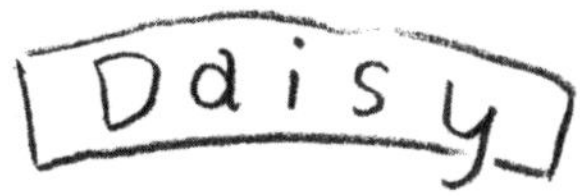


Aber manchmal nervt es eben auch.

Doch wir hatten Glück. Der dadrinnen hatte uns nicht gehört. Oder er tat so, als ob. Nur Daisy fing wieder mit ihrem Gewinsel an. Na, immerhin lebte sie noch! Das war schon mal gut zu wissen. Die nächste Frage war: Wie kriegten wir sie da raus?

Wir überlegten echt angestrengt. Und jeder hatte eine andere Idee.

Ich muss wohl nicht erwähnen, dass der sinnvollste Beitrag von mir kam …

Wir gehen hin und hauen dem Typen auf die Glocke.
Quatsch! Einer lockt ihn raus, die anderen schnappen sich Daisy.
Und wer soll bitteschön der eine sein?
Du natürlich!
Ich will den Hund streicheln.
Ich hol mein Rad und ihr regelt den Rest.
Und wie willst du das Ding über den Zaun kriegen?

Kein Mensch kann ein Fahrrad dieser Güteklasse über einen ein Meter achtzig hohen Zaun heben. Keiner, außer Arnold Schwarzenegger vielleicht, aber der war nicht hier.

Und die logische Schlussfolgerung war: Es musste einen ganz normalen Weg zu dem Schuppen geben. Einen Weg, der mit Fahrrad befahren werden konnte. Ohne Zaun, ohne Verbotsschild. Ein Fluchtweg für uns …

Jetzt muss ich wieder was erklären. Ist blöd, ich weiß, weil's die Story unterbricht, aber sonst verstehst du das Ganze nicht. Bei uns an der Elbe sieht es nämlich so aus:

In den Häusern oben lebten früher mal Kapitäne. Heute wohnen da die feinen Pinkel, also Typen wie Malte und Co. Und dieser Schuppen – das wurde mir jetzt klar – gehörte zu einer der Villen. Weit genug davon entfernt, damit die Herrschaften nicht von seinem Anblick belästigt wurden. Aber nah genug, um für die Dienstboten erreichbar zu sein. Und irgendwo gab es einen Weg, der die beiden Punkte miteinander verband, das sagte mir mein logischer Verstand. Wir konnten also theoretisch mit Daisy und Rad den Berg rauftürmen. Doch wo würden wir landen? Vielleicht war dort alles gesichert wie in Fort Knox, mit Selbstschussanlagen und Falltüren und so. Kennt man ja schließlich alles!

Vielleicht lag dort oben aber auch das Hauptquartier einer gefährlichen Schmugglerbande und der Schuppen war ihr Außenposten. Die Sache fing an, gefährlich zu werden.

Endlich war was los!

Ich bin ein großer Fan von Action-Romanen. Und Filme interessieren mich nur, wenn sie mindestens ab 16 sind. Oder wenn 007 mitspielt, James Bond, mein großes Vorbild. Immer cool, clever und charmant – selbst in den schlimmsten Situationen. Wir sind uns ziemlich ähnlich. Deshalb spürte ich, Nick Bond, jetzt ganz tief in mir drinnen ein erwartungsvolles Kribbeln …

Doch zu früh gefreut.

»Das Haus da oben gehört den Kunkels. Freunde von meinen Eltern. Mein Vater spielt Golf mit Dr. Kunkel«, sagte Malte, der meine fragenden Blicke bemerkt hatte.

Aber seine Antwort gefiel mir überhaupt nicht.

Sie war unspektakulär.

Unromantisch.

Unaufregend!

Halt irgendwie *un*.

Die Kunkels waren selbst mir ein Begriff; eine bekannte Hamburger Familie, Banker, soviel ich weiß. Wichtig, aber langweilig. Ein Schmugglerring wäre mir bedeutend lieber gewesen; meinetwegen auch Drogenhändler oder Geheimagenten. Das hätte alles spannend werden können.

»Frau Kunkels Käsekuchen ist lecker. Mit Rosinen!«, sagte Bernie.

Na super, nun wussten wir das auch! Interessant zu erfahren, wo Malte und Bernie sonntags eingeladen wurden. Aber trotzdem waren wir in Sachen Schuppen immer noch keinen Schritt weiter. Denn ich war mir ziemlich sicher, dass dort oben im Prachtpalast nicht die feine Frau

Kunkel vor einer Käsetorte saß, Fahrräder klaute und Hunde entführte.

Wir mussten uns langsam was einfallen lassen.

»Will endlich den Hund streicheln!« Bernie hatte die Nase voll von unserem Rumgeeiere.

Schnurstracks marschierte er auf den Schuppen zu, Malte hechtete hinterher. Aber wenn Bernie etwas will, kann er ziemlich energisch werden. Und verdammt fix, das traut man ihm gar nicht zu. Er sah es nicht ein, dass er von seinem Vorhaben abgehalten werden sollte, und wand sich wie ein Aal aus Maltes Klammergriff. Dann drückte er seine Nase an die Fensterscheibe. An das einzige Fenster im ganzen Schuppen, blind vor Dreck. Bernies Rotznase machte die Sache nicht besser. Er hielt die Hände seitlich vors Gesicht, als ob er so besser sehen konnte, und gab seltsame Geräusche von sich.

Malte hatte als Erster kapiert, dass es vorbei war mit Vorsicht und Taktik. Er stellte sich hinter Bernie und wollte auch was sehen. Und weil es nicht angehen

konnte, dass die beiden einfach vorpreschten, während Olli und ich feige hinterm Rhododendron hockten, drängelten wir uns auch noch dazu.

Hast du jemals versucht, durch ein völlig verdrecktes Fenster in einem finsteren Raum was zu erkennen? Klappt nicht besonders gut. Es dauerte eine Weile, bis sich unsere Augen an das Dämmerlicht dadrinnen gewöhnten, aber irgendwann ging es. Wir erkannten Daisy. Sie saß auf dem Boden, bellte und wedelte fröhlich mit dem Schwänzchen. Und dann …

»Ich glaub's nicht!«, murmelte Olli.

… machte sie Männchen. Ja echt! Diese freche Töle, bei der jeder Erziehungsversuch bisher fehlgeschlagen war, machte Kunststücke wie im Zirkus.

Und bekam zur Belohnung ein Leckerli. Von einer Hand, die hin- und herfuhr und den kleinen gierigen Hund zu einem Tanz auf den Hinterpfoten verleitete.

Hände tauchen nicht alleine auf, logisch. Als die letzten Strahlen der Nachmittagssonne zwischen den Wolken hervorkamen, konnten wir erkennen, zu wem die Hand gehörte.

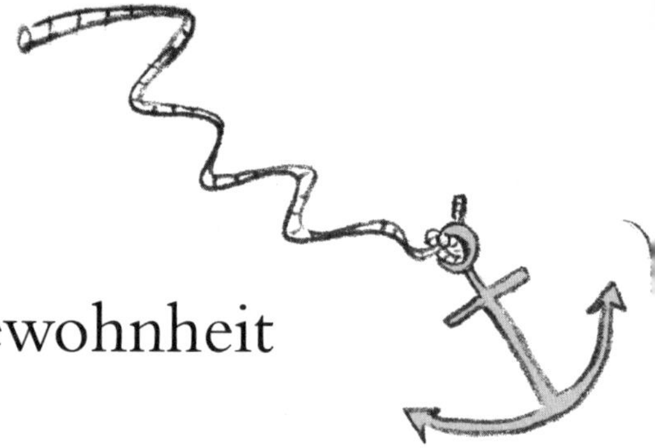

# Eine üble Angewohnheit

Das heißt: ICH hab's natürlich erkannt.

Ich werde später Detektiv, ich bin einfach dafür geboren. Mein Geist ist hellwach, ich kombiniere brillant. In meinem Gehirn geht alles den ganz direkten Weg, ohne Umwege, ohne Schnörkel.

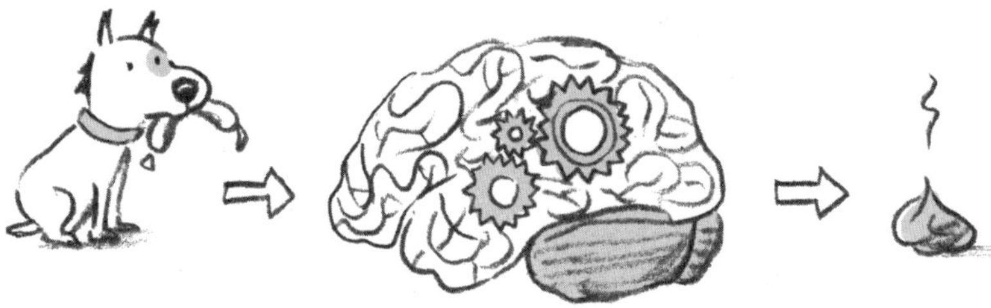

Deshalb hab ich blitzschnell gerafft, um wen es sich da handelte:

»Ein Junge, ungefähr in unserem Alter.«

»Wieso?«, fragte Olli.

Wieso WIESO? Was meinte er damit? Man musste doch nur genau hinsehen, alles abscannen und der Fall war klar:

* Größe: etwa so wie Olli und ich (Malte ist länger, Bernie ist kürzer)
* Figur: Leptosom (hatten wir grad in der Schule, das heißt: eher so | als so O)
* Kleidung: lässig bis nachlässig, cool. Die Jeans waren am Knie zerfetzt; konnte gewollt sein, musste aber nicht. Kapuzenpulli mit Totenkopf und St.-Pauli-Schriftzug drauf; die Kapuze tief ins Gesicht gezogen. Rote Sneakers.

So was trägt kein Rentner!

Das war eindeutig ein Punk. Woher ich das wusste? Ganz einfach: Auf seiner Schulter turnte eine Ratte rum. Eine echte, wahrhaftige, lebendige Ratte. Quietschfidel und rattenschnell.

»Eine Maus, wie süß!«, quiekte Bernie.

Malte korrigierte: »Eine Ratte.«

»Iiih!«, schrie Bernie entsetzt.

Eine Horde Brüllaffen hätte ihn kaum übertönen können. Ich hab zuerst gar nicht kapiert, wieso der dadrinnen uns nicht allmählich bemerkte. Bis ich die Kabel sah, die aus seiner Kapuze raushingen. Da machte es bei mir Klick! Na klar, der Typ hatte Stöpsel im Ohr. Sein Kopf nickte im Takt der Musik, die Hüften wackelten heftig. Seine Hände fuchtelten gleichzeitig hin und her wie zwei Synchronspringer im Schwimmbad

und verleiteten Daisy zu ihrem kleinen Tänzchen. Die kleine Hundedame hatte vorhin nicht etwa in Todesangst gejault, sondern hingebungsvoll mitgesungen. Welch fatale Fehleinschätzung von Olli und mir! Aber egal. Die größte Gefahr schien erst mal vorbei.

»Ein Junge in unserem Alter«, wiederholte Olli wie ein spätes Echo. »Sicher?«

»Todsicher.«

»Okay. Und was machen wir jetzt mit der Info?«

Ich zuckte mit den Schultern. Mann, wieso muss immer alles ich entscheiden? Ich bin ein Denker, kein Macher. Obwohl ich manchmal auch das Gegenteil behaupte, je nachdem, wie es passt. Aber da die meisten Leute das sowieso nicht unterscheiden können, blieb wieder mal alles an mir hängen. Also hab ich zunächst mal 1 und 2 zusammengezählt.

Fakt 1: Der Typ sah nicht aus wie Superman. Und er war allein.

Fakt 2: Wir waren auch alle nicht Superman, aber wir waren zu viert. Das war eindeutig als Vorteil zu bewerten. Also könnte man doch einfach …

»Ratten sind pfui, die beißen!«, rief Bernie. »Ich rette den kleinen Hund. Wer kommt mit?«

Ich sah Olli an.

Olli sah Malte an.

Malte sah Bernie an.

Der Typ dadrinnen drehte plötzlich den Kopf zum Fenster und sah uns alle an. Da war die Entscheidung gefallen.

Der Junge in dem Schuppen zuckte zusammen, das konnte ich gut verstehen. Stell dir vor, du fühlst dich unbeobachtet und hüpfst rum wie Rumpelstilzchen. Und plötzlich merkst du, dass dich vier Leute anglotzen. Ist doch oberpeinlich!

Der Typ starrte zum Fenster. Dann nahm er die Stöpsel aus den Ohren und ging langsam rückwärts. Schritt für Schritt, Richtung Tür. Geballte Anspannung lag im Raum, die konnte man bis nach draußen spüren.

Daisy merkte das auch und hörte auf zu tanzen. Tiere haben eine Antenne für Gefahr, egal ob Stubenhündchen oder Ratte. Letztere klammerte sich fest an die Kapuze des Jungen. Der hatte inzwischen die Tür erreicht und riss sie weit auf.

Malte, Olli und ich standen immer noch wie versteinert vorm Fenster. Ich geb zu, das war nicht besonders heldenhaft. Aber warum den Helden spielen, wenn man es einfacher haben kann? Wir warteten schweigend ab.

Der Typ kam langsam raus, ging ein paar Schritte auf uns zu. Verhalten. Lauernd. Drohend …

Bernie lief ihm fröhlich entgegen und breitete die Arme aus: »Komm her zu mir, mein Kleiner!«

Dass er damit nicht den Punk meinte, war klar. Auch Daisy hatte das richtig verstanden. Wie ein Gummiball hüpfte sie in Bernies Arme und schleckte ihm übers Gesicht. Ich weiß nicht, ob Bernie zurückgeschleckt hat – wahrscheinlich –, jedenfalls gab es eine wilde Knutscherei.

Der fremde Junge war inzwischen nur noch drei Schritte von uns entfernt. Und seine Freude, uns zu sehen, war nicht annähernd so groß wie die von Daisy. Er blickte düster unter der Kapuze hervor und zischte: »Verpisst euch!«

Boaah! Was für eine nette Begrüßung. Es schien so, als wären wir hier nicht willkommen. Und wäre es nach mir gegangen, hätten wir uns kommentarlos Maltes Rad geschnappt – Daisy hatten wir ja schon – und den geordneten Rückzug angetreten. (Das ist nicht etwa feige; so was nennt man Konfliktvermeidung und das ist überaus intelligent!)

Aber Olli tickt anders als ich. Zu dem sagt man nicht einfach: »Verpiss dich!« Das geht gegen seinen Stolz.

Er ballte die Fäuste und ging auf den Jungen zu. Und auf seinem Gesicht lag ein Ausdruck, den ich gut an ihm kenne.

Wenn Olli so guckt, bin ich immer heilfroh, dass ich sein Freund bin und nicht sein Feind.

»Wir denken ja gar nicht dran!«, sagte er ruhig. »Verpiss du dich mal lieber und zwar megaschnell.«

In Ollis Gegenwart fühlte Malte sich mutig. »Genau! Aber vorher erzählst du uns noch, warum du Räder klaust.«

»Warum nicht?«

Das sollte wohl witzig sein, war es aber nicht.

Olli zumindest fand die Antwort gar nicht gut. »Weil das Rad hier unserem Freund gehört und der würde es gern zurückhaben. Und weil Klauen eine üble Angewohnheit ist wie Nägelkauen und Furzen. Solltest du dir abgewöhnen. Ich kenne da ein paar ganz gute Erziehungsmethoden …«

Der Punk war ein Dieb, aber blöd war er nicht. Er sah das Blitzen in Ollis Augen, dasselbe Funkeln wie bei Tigern kurz vorm Sprung.

Er drehte sich blitzschnell um und wollte abhauen. Ich hätte es ihm eigentlich gegönnt (ich stehe auf Konfliktvermeidung – hatte ich das schon erwähnt?) Und wenn Olli nicht so nachtragend wäre – er selber nennt es *gründlich* – wäre die Geschichte an dieser Stelle zu Ende gewesen. Aber so fing sie hier erst richtig an.

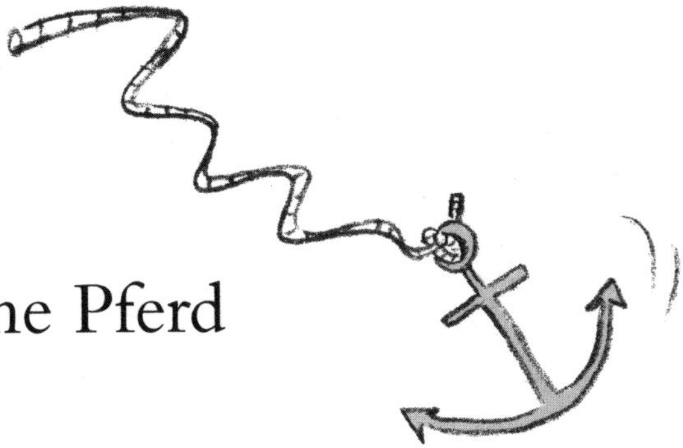

# Schwanz ohne Pferd

Ollis Arm schoss hervor wie der eines Kraken. Er packte den Fremden am Sweatshirt. Der Junge stolperte und schlug wild um sich. Olli hielt ihn mit beiden Händen fest, da traf ihn ein Tritt gegen das Schienbein. Jeder, der das mal erlebt hat, weiß: Du hörst die Engel im Himmel singen.

Olli schrie auf vor Schmerz und ließ los. Malte und ich hatten nun keine andere Wahl mehr; wir mussten ran. Obwohl Maltes gute Manieren sich schlecht mit einer Prügelei vereinbaren lassen und er deshalb nicht mal Fußball spielt, wie er immer behauptet. Aber auf solchen feinsinnigen Quatsch konnten wir jetzt keine Rücksicht nehmen.

Wir stürzten uns auf den Typen; der wollte uns abschütteln wie Ungeziefer. Und dann schmiss sich auch noch Bernie dazwischen und rief: »Hauen ist gemein! Hört sofort auf damit!« Als ob wir im Kindergarten um das Sandgeschirr rangelten.

Olli hatte sich inzwischen erholt und langte wütend zu. Er erwischte aber nur die Kapuze, denn der Junge drehte den Kopf schnell zur Seite. Und da blieb uns allen plötzlich die Luft weg.

Und zwar deshalb ...

So was nennt man Pferdeschwanz.

Der gehörte aber keineswegs zu einem Pferd, sondern zu einem MÄDCHEN. Blaue Augen, Sommersprossen, ein Piercing in der Nase. Wir starrten es an wie ein Marsmännchen, das aus einer fliegenden Untertasse stieg.

»Ein Junge in unserem Alter. Soso!«, murmelte Olli.

Mann, ist der nachtragend! Jeder kann sich mal irren. Und der zweite Teil des Satzes stimmte ja wirklich.

Das Mädchen pustete sich eine blaue Strähne aus der Stirn. Es sah uns an wie eine Klapperschlange ihre Beute. Dann holte es tief Luft und zeterte los.

Ich hab nichts gegen Mädchen, echt nicht, ich bin nur vorsichtig mit ihnen. Denn bisher hab ich immer geglaubt, man könne sie in vier Gruppen einteilen. Und von denen gefiel mir keine so richtig:

1. Kichererbsen, die über jeden Mist lachen

2. Spaßbremsen, die Fußball und Böller hassen und heulen, wenn man sie ins Wasser schubst

3. Angsthasen, die kreischend vor jeder Spinne wegrennen

4. Streberinnen, die alles besser wissen

Jetzt lernte ich eine neue Variante kennen: den Typ fluchendes Monster.

Das Mädchen schimpfte nämlich so übel, dass meine Mom mir die Ohren zuhalten würde. Aber meine Mom war zum Glück nicht da und so konnte ich noch eine Menge lernen. Ich geb hier mal eine kleine Auswahl ihrer Darbietung wieder, nur die jugendfreien Sachen: Affenärsche! Blödmänner! Hackfressen! Filzläuse! Schlammflöhe! Bratzbirnen! Sackpfeifen! Ochsenschädel! Spacken!

»Blöde Tusse!«, brummte Malte.

»Lackaffe!«, keifte sie zurück.

»Breitarschantilope!«, rief Bernie begeistert.

Dann war irgendwie die Luft raus.

»Scheint sich ja um eine echte Dame zu handeln«, kommentierte Malte mit Schnöselgesicht.

Das Mädchen stemmte trotzig die Hände in die Hüften. »Und jetzt?«, wollte es wissen.

Diese Frage war nicht neu. Wir hatten sie uns heute Nachmittag schon ein paarmal gestellt. Doch nun bekam sie eine neue Bedeutung.

»Nur damit wir uns richtig verstehen: Das ist MEIN Rad. Und es bleibt MEIN Rad. Klaro?«

Das Mädchen sah Malte nur stumm an.

»Ob du verstanden hast, will ich wissen?!«

Die meisten Leute kuschen, wenn Malte so mit ihnen spricht. Dann lässt er nämlich den großen Macker raushängen, hat einen Befehlston wie ein General.

Die Fremde interessierte das null. »Reg dich ab. Ich hab's mir nur mal ausgeliehen. Ist 'n Scheißrad, kannst es wieder haben!«

Malte starrte sie ungläubig an. Wer wagte es, so mit ihm zu reden? »Was hast du hier eigentlich zu suchen?«

»Ich warte auf prügelnde Jungs. Mit Erfolg, wie man gesehen hat.«

Das saß.

Olli würde sich niemals an einem Mädchen vergreifen, das ging ihm gegen die Ehre. Seine Augenbraue fing wild an zu tanzen und er startete einen Erklärungsversuch. »Ey, hör mal …«

»Ich bin Bernie«, quakte Bernie dazwischen. »Und du?«

»Ich nicht.«

Bernie guckte enttäuscht. Mit so einer rotzigen Antwort konnte er nichts anfangen. Das merkte das Mädchen wohl auch. Sie sah Bernie an, beugte sich zu ihm und strich ihm über die Wange, als ob sie sich entschuldigen wollte. Sofort schlug Bernies Laune wieder um. Er zupfte an ihrem Pferdeschwanz und lächelte schief.

»Schön!«, sagte er dann und zog diesmal an ihren Haaren wie an einem Glockenstrang. Es erklang aber kein liebliches Ding-Dong, sondern ein genervtes »Aua! Hör auf, das tut weh. Ich bin Jule.«

Jetzt strahlte Bernie. »Jule. Toll! Ich sag dir, wie die anderen heißen.«

»Bloß nicht! Interessiert mich nicht.«

Oh Mann, was für eine Zicke! Selbst 007 wäre an der verzweifelt. Also gab es auch für uns nicht den geringsten Grund, sich noch länger mit ihr aufzuhalten. Das wäre reine Zeitverschwendung und überflüssig wie ein Kropf. Also Schluss jetzt mit dem Gequatsche!

Malte hatte auch keinen Nerv mehr für den Weiberkram. »Wir gehen!«, ordnete er an und zog Bernie mit sich.

Der protestierte so lautstark, als ob man ihm ans Leben wollte. »Will nicht weg! Jule ist lieb.«

Ääh – also das war nun so ziemlich das Letzte, was auf dieses Wesen zutraf. Lieb, liebreizend, liebenswürdig … nee, das passte alles nicht wirklich. Aber Bernie hat seine eigene Sicht auf die Dinge. Und einen ziemlichen Dickschädel obendrein. (Erwähnte ich das schon?) Er klammerte sich an Jule und lehnte den Kopf an ihre Schulter. Jule zuckte ein wenig zurück, aber Bernie gab nicht nach. Er strahlte wie der Vollmond in sternenklarer Nacht, und dieser geballten Charmeoffensive konnte Jule sich offensichtlich nicht entziehen.

»Oh Mann, Bernie, du nervst!«, stöhnte Malte.

»Find ich nicht«, sagte Jule. Sie strich Bernie zart über das Haar. »Er ist der einzig Nette von euch. Also los, nehmt endlich euer blödes Rad und haut ab. Und lasst euch ja nicht wieder hier blicken, das ist mein Revier.«

Ich war ehrlich überrascht, dass sie drei zusammenhängende Sätze sagen konnte (oder waren es sogar vier?). Wow!

Aber was faselte sie da von Revier? Hunde haben ein Revier, das wird durch Pinkeln markiert. Und auf dem

Kiez in Hamburg gibt es ein Rotlicht-Revier; aber das ist was Unanständiges und passt irgendwie nicht hierher.

Ich hatte den leisen Verdacht, dass Jule uns dezent darauf hinweisen wollte, dass der Schuppen ihr gehörte.

Malte schien sehr daran gelegen, die Sache zu klären, ihn interessiert immer, wem was gehört. »Pass mal auf, du kleine Rotzgöre«, begann er.

Das war ein vielversprechender Anfang, Diskussionen mit Malte können spannend sein. Aber dann ging es plötzlich nicht mehr weiter. Beziehungsweise ging es anders weiter als geplant.

Und daran war wieder Daisy schuld.

# Bad Boy

Wenn Daisy merkt, dass sich nicht alles um sie dreht, wird sie genauso unausstehlich wie ihr Frauchen Marie. Dann gibt's ZOFF!

In diesem Fall sah der so aus: Daisy stellte fest, dass Bernies Interesse jetzt Jule galt, sie rümpfte empört das schwarze Näschen. Gleichzeitig sah sie sich nach Ablenkung um und Jules Ratte bot sich dafür geradezu an. Die war nämlich während der Rangelei von Jules Schulter gerutscht. Und anstatt schleunigst das Weite zu suchen, saß das dämliche Vieh im Gras und glotzte und staunte.

Wie dumm von ihr! Daisy erblickte die Ratte, fletschte die Zähne und nun begann etwas, das man im Film »eine atemberaubende Verfolgungsjagd« nennt.

Dann waren beide weg.

»Oh nee!«, stöhnte Olli. »Das hatten wir doch schon.«

»Mit dem Unterschied, dass wir vorher wussten, wo Daisy steckt«, konnte ich mir nicht verkneifen zu sagen.

Olli sah mich genervt an, seine Augenbraue tanzte Tango.

»ICH kann nichts dafür!«, beteuerte ich.

»Du nicht. Aber die ekelhafte Ratte von der da!«

»Elende Spießer!«, keifte Jule. »Wenn euer bescheuerter Köter nicht …«

Ich sparte es mir, Jule darauf hinzuweisen, dass sie dem bescheuerten Köter gerade noch Kunststückchen beigebracht hatte und er so bescheuert also gar nicht sein konnte. Ich stellte nur fest, ganz sachlich und wertfrei: »Jetzt müssen wir eben beide suchen.«

Diesmal stöhnte Malte: »Och nö!«

Bernie freute sich: »Au fein!«

Olli grunzte irgendwas.

»Hat deine Ratte einen Namen?«, wollte ich wissen.

»Na klar: Bad Boy. Und sie ist, wie sie heißt: übel und gefährlich. Wie die schwarze Mamba. Ihr Biss ist absolut tödlich.«

Oh, jetzt hatte ich aber Angst! Mir schlotterten echt die Knie.

Quatsch, natürlich nicht. Nur Bernie wurde blass um die Nase. »Hab ich gewusst …«

»Nein, Blödsinn, war doch nur Spaß«, sagte Jule und lächelte Bernie an wie eine gütige Mutter. »Die Ratte heißt Wilma und ist total lieb.«

Wilma! Das machte die Sache nicht besser.

Jetzt waren wir nicht mehr zwei bescheuerte Jungs, die durch den Regen liefen und »Daisy!« gurrten. Jetzt waren wir vier bescheuerte Jungs und ein Mädchen, die gleich durch die Abenddämmerung stapfen und versuchen würden, »Daisy-Hündchen« und » Wilma-Ratti« herbeizulocken.

Ich betete zu Gott und zu allem, was mir sonst noch einfiel, dass mich niemand dabei beobachtete. Denn es gibt Dinge, die gehen gar nicht. Peinlich, peinlich. PEINLICH!

Über unser ganzes Gequatsche war irgendwie die Zeit vergangen und wir hatten das gar nicht richtig gemerkt. Die Sonne stand wie ein knallroter Ball hinter den Kränen des Hafens.

»Gleich klatscht sie ins Wasser!«, stellte Bernie fest.

Das tat sie zwar nicht, aber irgendwann war sie verschwunden und langsam wurde es dunkel. Komisch: Wenn es dunkel wird, hört man alles viel lauter. Ist dir das schon mal aufgefallen?

Wir standen vor dem Schuppen und lauschten. Das Kreischen der Möwen war zu hören, die Geräusche vom Containerhafen, das Tuten der Schlepper. Irgendwo am Elbstrand bellte ein Hund …

Olli schüttelte den Kopf. »Das ist sie nicht.«

Stimmt, wenn Daisy bellt, klingt das anders, das wusste sogar ich. Und Wilmas Fiepen war auch nicht zu hören.

»Wenn die Töle sie aufgefressen hat, dann gnade euch Gott.« Jule sah uns hasserfüllt an.

»Hunde fressen keine Ratten«, belehrte Malte sie, »die liegen zu schwer im Magen. Außerdem übertragen sie Krankheiten.«

Bernie sah entsetzt von einem zur anderen. Hundefutter kam aus der Dose, alles andere gehörte sich nicht!

»Wir teilen uns auf«, sagte ich, denn irgendwas musste ja mal passieren. »Olli und ich suchen da …« – ich zeigte hinter den Schuppen – »Malte, Bernie und Jule suchen da.« Ich zeigte vor den Schuppen.

Klang doch echt vernünftig, oder? So hatte es schon Winnetou gemacht mit seinen Apachenbrüdern, mit großem Erfolg.

Im Gegensatz zu mir. Ich hatte die Rechnung ohne die anderen gemacht, man verweigerte mir den Gehorsam. So viel stand wohl fest: Als Indianer waren die nicht zu gebrauchen!

Jule schüttelte als Erste den Kopf, da hatte ich noch nicht mal ausgesprochen. »Ich denk ja gar nicht dran! Das ist alles eure Schuld, also sucht gefälligst allein. Ich bleib hier und warte. Wilma findet alleine zurück, die hat mehr Grips als ihr alle zusammen.«

Danke!

Daraufhin wurde Malte sauer.

hinter dem Schuppen

vor dem
Schuppen

»Ach so. Heißt im Klartext: Wir suchen dein Viech und du haust mit meinem Rad ab, oder wie?«

»Ich such grundsätzlich lieber allein«, brummte Olli. Als ob er ständig suchte!

»Und ich bleib bei Jule!«, sagte Bernie trotzig.

Irgendwie hatte ich das Gefühl, wieder im Kindergarten zu sein.

»Meine Schaufel!«

»Nein, meine!«

KLATSCH!!

»Aua!«

Ich holte tief Luft und zählte in Gedanken bis zehn. Dann sagte ich ruhig: »Okay, wir suchen zusammen. Wir sitzen schließlich alle im selben Boot, keiner kann sich drücken.«

Das war gut! Das hatte ich mal im Film gesehen. Und es funktionierte tatsächlich. Obwohl Bernie es irgendwie in den falschen Hals kriegte: »Boot fahren? Schön!«

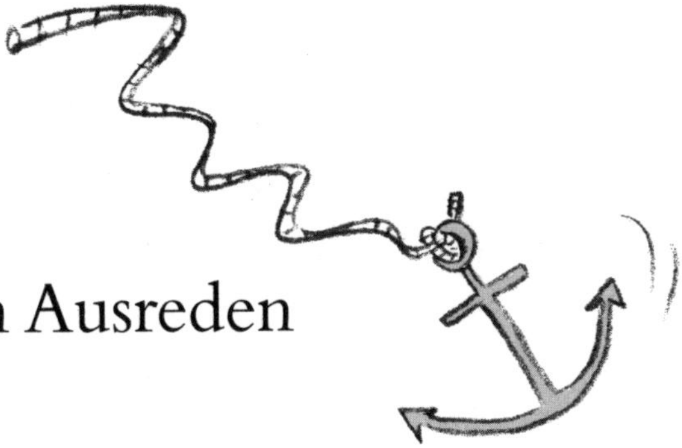

# Eine Million Ausreden

Wir sind also alle zusammen um den Schuppen getigert und haben Ausschau gehalten (gespäht, wäre indianisch richtig). Und da hab ich erst gemerkt, was das eigentlich für ein dolles Ding war. Aus dicken Balken zusammengezimmert, echt was für die Ewigkeit und länger. Der Schuppen hatte schon viele Sturmfluten überlebt und stand da wie ein Fels in der Brandung. Er hatte nur ein einziges Fenster; aber wenn man das mal putzen würde, könnte man von drinnen glatt bis ans andere Elbufer sehen. Mit guten Augen. Ohne Nebel. Und nur, wenn im Winter die Bäume ohne Laub sind. Trotzdem eine prima Lage, ganz klar.

Dieser Schuppen war viel zu schade, um so vor sich hinzugammeln. Wem er wohl wirklich gehörte? Jule nicht, so viel stand fest, egal, was sie behauptete. Und wenn Kunkels die Besitzer waren, wie Malte sagte, hatten die doch so viel Knete, dass der Schuppen sie bestimmt nicht interessierte.

Mich dafür umso mehr.

Wir konnten ihn nämlich verdammt gut gebrauchen. Als Geheimversteck vor Eltern, kleinen Schwestern und anderen nervigen Leuten. Oder als Headquarter für eine Bande. Von so was hatte ich schon lange geträumt, das hab ich bloß keinem erzählt.

»Hafenbande«, könnte fett über der Tür stehen. Nee, Quatsch, es musste ja nicht jeder Depp gleich wissen, mit wem er es zu tun hatte. Eine heimliche Bande ist besser. Von hier aus könnten wir tolle Sachen unternehmen, denn im Hafen ist immer was los. Da warten die unglaublichsten Sachen auf mutige Jungs wie uns. Zugige Ecken und verbotene Plätze. Gammelige Seelenverkäufer, die vor Anker liegen und düstere Geheimnisse bergen. Finstere Gestalten, heimatlos und voller schlechter Gedanken …

Ich weiß, es ist uncool, so loszubrüllen, aber ich hatte mich echt erschrocken.

Denn plötzlich war Malte vor uns aus dem Gebüsch gesprungen und machte eine Fratze wie Frankensteins Sohn. Dann schüttete er sich aus vor Lachen.

Haha, witzig!

»Jeder bleibt bei der Truppe!«, schnauzte ich ihn an, um weitere kindische Zwischenfälle energisch zu unterbinden.

»Aye aye, Käpten!«, rief Olli und schlug die Hacken zusammen wie ein folgsamer Soldat.

Stumm schlichen wir weiter. Und landeten schließlich wieder dort, wo wir unsere Suche begonnen hatten, ohne Daisy und ohne Wilma, die hatten sich nämlich in Luft aufgelöst. PLINGG!!! wie von Zauberhand.

Aber eins war völlig klar: Olli konnte auf keinen Fall ohne Daisy nach Hause gehen. Und wenn er wochenlang weitersuchen musste, halb verhungert und verdurstet, ein menschliches Wrack am Abgrund der Erschöpfung – alles war besser als die Rache von Marie. Ich konnte Olli gut verstehen. Und ich war wieder mal heilfroh, dass meine Eltern sich für ein Einzelkind entschieden hatten.

Es wurde immer dunkler; das bedeutete im Klartext: Abendbrotzeit bei uns allen zu Hause.

Ich machte einen Vorschlag (und bevor mich jetzt jemand für altklug hält, sage ich nur: Konfliktvermeidung!): »Wir sollten anrufen und sagen, dass es ein bisschen später wird.«

»Sehr viel später!«, unkte Olli.

Wortlos drückte ich ihm mein Handy in die Hand. Ich wollte hören, wie Olli sich rausredete, damit ich es ihm nachmachen konnte. Die simple Fassung »Daisy ist weg!« ging nämlich gar nicht. Dann hätte Marie einen Schreikrampf gekriegt, der mindestens bis zu den Elbbrücken dröhnte und alle Sturmflutsirenen der Stadt vor Neid erblassen ließ.

Also, wie redete Olli sich raus?

Du glaubst es nicht!

Er wählte brav, wartete drei Sekunden und drückte dann schnell den roten Hörer.

»Keiner da«, murmelte er.

Feigling!

Aber so einfach konnte er sich nicht drücken. Ollis Vater war Polizist, der wusste genau, was alles Schlimmes in der Welt geschah. Und wenn der eigene Sohn ohne Ansage abends einfach nicht erschien, würde Papi ruck, zuck das SEK alarmieren. Das gäbe vielleicht Stress! Und darauf hatten wir alle keinen Bock.

Olli sah uns Hilfe suchend an. Aber auf Freunde kann man sich verlassen, na klar! Deshalb kriegte er sofort jede Menge guter Tipps von uns.

Es gibt eine Million guter Ausreden, wenn man zu spät kommt. Mindestens. Dass Olli die langweiligste wählte, ist seine eigene Schuld. Aber ich weiß ja, Eltern stehen auf so was, ihnen fehlt die Fantasie für mehr. Deshalb haben Olli und ich unseren Alten dasselbe Märchen erzählt: »Wir sind bei Malte und üben für die Mathe-Arbeit morgen. Ganz schön schwierig! Kann spät werden.«

Was soll ich dir sagen: Unseren Eltern gingen die Herzen auf vor Freude, dass ihre Söhne endlich vernünftig wurden. Sie würden es im Leben nicht wagen, bei Maltes Leuten anzurufen und uns beim Lernen zu stören. Und wenn doch – absoluter Notfall vorausgesetzt, ging eben die Haushälterin ran und sprach nur portugiesisch.

So, das war geschafft!

Fast.

»Und was ist mit dem da?«

Jule deutete mit einem Kopfnicken auf Bernie.

»Der braucht keine eigene Ausrede. Der gehört zu mir«, erklärte Malte. »Ich bin sozusagen sein Erziehungsberechtigter.«

»Der Arme!«, sagte Jule.

Malte zuckte nur mit den Schultern. »Und was ist mit

dir?«, gab er die Frage schnippisch an Jule zurück. »Keine besorgten Eltern, die zu Hause auf Püppi warten?«

Jule schüttelte stumm den Kopf.

»Wie – was? Keine Eltern, kein Zuhause oder nicht warten?«, bohrte Olli nach.

»Alles.« Jule machte nicht den Eindruck, als ob sie scharf darauf wäre, noch mehr zu verraten.

»Aber das geht doch nicht«, protestierte Bernie. »Jeder hat Eltern. Du warst doch auch mal ein kleines Baby, oder?«

Schweigen.

»Und dann warst du im Kindergarten. Und jetzt bist du in der Schule. Und einmal im Jahr feierst du Geburtstag. Oder?« Bernie sah Jule fast flehend an. Bei ihm muss alles seine Ordnung haben, sonst versteht er die Welt nicht. »ODER??«

Jule wuschelte Bernie durchs Haar. »Frag nicht so viel, kleiner Mann! Es gibt Dinge, die verstehst du nicht. Das Gestern ist vorbei und das Morgen ist weit weg. Wir leben im Hier und Jetzt und jeder für sich allein. Okay?«

Oh, *mystery girl* – wow!

Solchen Blödsinn kannte ich bisher nur aus englischen Songs. Und da hab ich immer geglaubt, ich hätte den Text nicht richtig verstanden, weil er mir einfach zu kitschig erschien.

Aber eigentlich war das Ganze überhaupt nicht kitschig, sondern eher ganz schön übel. Denn selbst die spießigsten Eltern sind doch besser als keine.

ODER???

Also ganz ehrlich: Der Gedanke, dass Jule niemanden hatte, der ihr morgens Nutellabrote schmierte, war schon irgendwie seltsam. Meine Alten zum Beispiel sind total anstrengend, die sind Lehrer (beide, stell dir das mal vor!) und das nervt manchmal richtig. Versuch du mal, zwei Pädagogen anständig zu erziehen! Keine Chance!

Und trotzdem habe ich es nicht schlecht getroffen. Denn schließlich sind wir eine Familie und wenn's drauf ankommt, halten wir zusammen. Besonders gegen Dritte. Wehe, ich krieg in der Schule mal eine ungerechte Zensur reingewürgt, dann wird meine Mutter zur Löwin und nervt beim Schulleiter so lange rum, bis die Sache aus der Welt ist.

Jule hatte so jemanden nicht. Keinen Saubere-Ohren-Checker. Keinen Kalte-Wadenwickler bei Fieber. Und wer brachte ihr all die Weisheiten bei, ohne die man nicht leben kann?

Keiner. Ach je!

Und – ganz wichtig! – wer gab Jule Taschengeld? Auch keiner.

Obwohl, ein Blick auf ihre Sneakers ließ etwas anderes vermuten. Die Dinger waren arschteuer, so viel sah sogar ich. Obwohl ich modisch hinterm Mond lebe, wie Malte immer behauptet.

Aber es waren nicht nur die Schuhe. Irgendwas stimmte nicht mit dem Mädchen; ich hatte ein seltsames Gefühl …

Mit einem gezielten Ellenbogen-Kick holte Olli mich ins wahre Leben zurück. »Los, komm!«

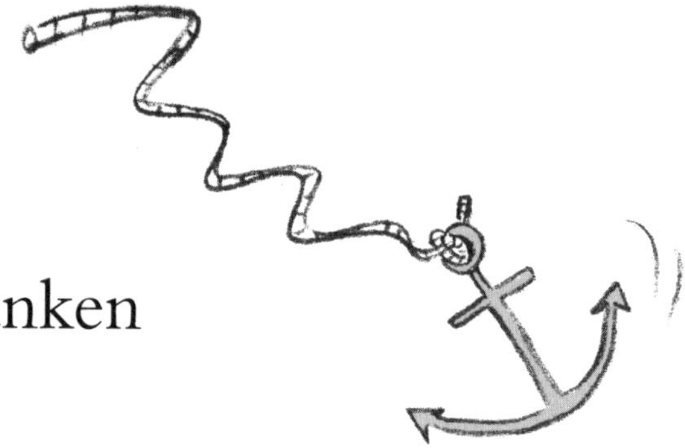

# Miese Gedanken

Schwarze Wolken jagten am Himmel entlang und verdeckten den Mond und die Sterne. Die Lichter der Werften tauchten den Hafen in taghelles Licht, aber hier bei uns war es mittlerweile stockfinster. Na und? No Problem für Dschungelkämpfer wie uns! Wir dachten nicht im Traum daran, die ganze Aktion abzublasen und machten uns erneut auf den Weg, um die Vermissten zu suchen. Olli vorneweg, dann ich, dann Jule, Malte und hintendran Bernie. So drehten wir immer größere Kreise um den Schuppen herum, gingen dabei strategisch echt schlau vor.

Wir kämpften uns durch dichtes Gestrüpp und kniehohes Gras. Vergeblich – weit und breit kein einziges Lebenszeichen von Daisy oder Wilma. Kein Hundehaufen, keine Kötel, kein gar nichts. Und so langsam waren wir nur noch genervt.

Der Wind pustete uns heftig um die Ohren, das Wasser der Elbe stieg bedrohlich. Wir in Hamburg kennen das Theater: Alle naslang gibt es eine Sturmflut.

Dann steht der Fischmarkt unter Wasser und alle Leute rennen in Gummistiefeln rum, um trockenen Fußes von hier nach da zu kommen.

Ist nicht weiter schlimm, man gewöhnt sich schließlich an alles. Aber an diesem Abend passte es uns absolut nicht in den Kram. Die Ratte könnte sich ja leicht in Sicherheit bringen, aber was war mit Daisy? Bäume hochklettern ging jedenfalls nicht. Und die Schwimmkünste der kleinen Hundediva waren eher unterentwickelt.

Ich weiß nicht, wie lange wir schweigend durch die Dunkelheit stapften. Lange. Und irgendwann waren wir wieder beim Schuppen angelangt und genauso schlau wie vorher.

»Scheiße!«, fluchte Olli.

Jule musste ihn überbieten: »Kacke!«

»Stimmt«, sagte ich.

»Das nervt!«, stöhnte Malte.

Nur Bernie sagte nichts. Und das hatte seinen Grund.

Bernie war nämlich weg. Spurlos verschwunden, genau wie Hund und Ratte. Jetzt denkst du wohl: Was für eine irre Story, ständig verschwindet jemand.

Stimmt, das war irre. Irre uncool zumindest. Uns ging der Arsch auf Grundeis, sag ich dir.

Zuerst haben wir noch gedacht, Bernie macht Witze. Der versteckt sich, um uns ein bisschen zu ärgern. Aber so ist der nicht drauf. »Dafür ist er zu blöd«, sagt Malte immer und meint das absolut nicht böse. Bernie ist wirklich der freundlichste Typ auf der ganzen Welt. Der ärgert niemanden, und wenn er selber geärgert wird, kann er es nicht glauben. Also gingen unsere Chancen eher gegen null, dass er gleich aus dem Gebüsch springen und uns mit einem Tarzan-Schrei erschrecken würde.

Wir sind den Weg um den Schuppen herum noch einmal abgegangen, Meter für Meter, Stück für Stück. Vielleicht war Bernie ja hingefallen, lag blutend da und wartete auf uns – ein bisschen tollpatschig war er ja schon.

Aber nichts.

*Nothing.*

*Niente.*

Von Bernie weit und breit keine Spur, von den anderen Vermissten ganz zu schweigen.

»Wie lange ist er denn schon weg?«, fragte Olli.

Malte reagierte gereizt. »Woher soll ich das wissen?«

»Er ging doch hinter dir.«

»Aber hinten hab ich keine Augen. Außerdem bin ich keine Nanny. Echt, Alter – es nervt total, dass ich immer auf den aufpassen muss.«

Eigentlich war es unmöglich, Bernie unbemerkt zu verlieren, denn er klebte an Malte wie dessen Schatten. Wieso kam Bernie also ausgerechnet an diesem Abend auf die Wahnsinnsidee, sich mehr als zwei Meter von Malte zu entfernen?

Malte sah angestrengt in die Dunkelheit. Das Wasser der Elbe schwappte über den Weg, den wir vorhin gekommen waren. Vorhin, als noch alles in Ordnung war.

Es gibt Sätze, die vergisst du nie. Da läuft es dir kalt den Rücken runter und der Schreck schießt dir in die Knochen wie ein Giftpfeil. Genau so ein Satz kam jetzt von Malte: »Bernie kann nicht schwimmen.«

Okay, Bernie kann einiges nicht so wie wir, das liegt eben an diesen Chromo-Dingsen, die er zu viel oder zu wenig hat. Bisher hatten wir uns darüber keinen Kopf gemacht. Bernie war eben Bernie und es muss ja nicht jeder schwimmen können, wir sind ja keine Seehunde. Aber in diesem Zusammenhang war es zugegebenermaßen irgendwie nicht witzig.

Jule unterbrach die unheilvolle Stille; sie öffnete die Tür zum Schuppen. »Kommt rein. Es macht wenig Sinn, im kalten Wind rumzustehen.«

Wir wunderten uns schon, wieso die plötzlich so menschelte; das war eindeutig Bernie zu verdanken. Wenn Olli verschwunden wäre, hätte Jule das wohl weniger gestört.

Trotzdem nahmen wir das Angebot an. Denn ganz ehrlich: Neugierig waren wir auch.

Ich sah mich misstrauisch um in der Hütte. Da stand ein wackeliger Tisch, davor zwei alte Stühle. Auf dem Boden lag eine versiffte Matratze. Ein Rucksack lehnte an der Wand. Auf dem Tisch ein Windlicht, eine Coladose und die matschigen Reste eines Doppelwhoppers. Jule zündete die Kerze an. Es wurde hell im Raum, unsere Körper warfen dunkle Schatten.

Dann flätzte Jule sich auf die Matratze und sah uns der Reihe nach an. Olli ließ sich auf einen Stuhl plumpsen, ich nahm den anderen. Nur Malte bewegte sich nicht. Er stand kreidebleich im Raum und starrte vor sich hin. Eine Träne lief über sein Gesicht. Er wischte sie schnell weg und grummelte nur: »Scheißregen!«

Irgendwie hatten wir das Gefühl, dass es gut wäre, unseren Freund mal zu trösten.

»Vielleicht hatte Bernie einfach keine Lust mehr und ist allein nach Hause gefahren.«

Das war das Erste, was mir einfiel, und ziemlich dumm war es auch. Denn erstens lehnte das Fahrrad noch am Zaun, das hatte ich beim Suchen gesehen. Und zweitens hatte Bernie grundsätzlich zu allem Lust, wozu Malte Lust hatte. Und wenn Malte abends durch die Dunkelheit schlich, ging Bernie ganz sicher nicht heim.

Trotzdem, ein Anfang war gemacht. Olli nahm die verbale Flanke an und toppte meine Gedanken.

»Nee, ganz anders. Bernie ist zum Containerterminal gegangen. Große Schiffe, weite Welt … Er ist da rumgestreunt wie ein herrenloser Kater und dann haben sie ihn versehentlich in einer Kiste verladen. Und jetzt fährt er Richtung Afrika, als blinder Passagier, ohne Wasser und Brot …« Olli kam richtig ins Schwärmen.

»Afrika – wow! Wüste, Sand, Klapperschlangen. Kamele und vermummte Reiter. Und Bernie mittendrin!«

Olli liebt Abenteuergeschichten, genau wie ich; er aber die ganz besonders schlimmen. Und meine drohenden Blicke, die sagten: »Halt's Maul!«, konnten ihn nicht stoppen.

»Stechmücken, Malaria, Schwarzwasserfieber …«, fuhr er erbarmungslos fort.

Erst ein gezielter Tritt meinerseits machte der Sache ein Ende.

»Okay, dann eben nicht Afrika, ist ja auch ziemlich gefährlich. Vielleicht fährt das Schiff nach Indien. Auch nicht gut? Mmh, wie wär's mit China?«

Schweigen.

»Na gut, wahrscheinlich landet Bernie einfach nur in Bremerhaven«, sagte Olli und guckte beleidigt. »Schade drum.«

Jule konnte sich nicht verkneifen, auch noch ihren Senf dazuzugeben. Der machte die Sache allerdings nicht besser.

»Quatsch. Der Junge ist weder in Afrika noch in Bremerhaven«, verkündete sie. »Der war froh, euch mal los zu sein, und ist ohne Umwege zum Kiez gerannt.«

»Was soll er denn da?«, fragte Malte.

»Na, was macht man wohl auf dem Kiez, du kleines Unschuldslämmchen? Ponyreiten bestimmt nicht.«

»Schon klar.«

Wir nickten wissend, Olli, Malte und ich, aber das war glatt gelogen. Keiner von uns war jemals dort gewesen. Nicht in den schmuddeligen Kneipen, nicht in den Shops voller Nackedeis und in der verbotenen Straße erst recht nicht. Mann, wir waren doch erst zwölf und 'nen Keks! Die hätten uns da gar nicht reingelassen und Bernie schon gar nicht. Hofften wir zumindest.

Jule sah das anders. »Der sitzt in einer Table-Dance-Bar und schlürft sein erstes Bier«, behauptete sie.

»Immerhin sitzt er da trocken«, sagte Olli mit einem Blick aus dem Fenster. Malte schien das nicht wirklich zu beruhigen. Der Gedanke, dass Bernie aus Versehen in die Elbe fiel, war grausam. Aber der Gedanke, dass er betrunken und willenlos in den Armen einer Rotlicht-Lady lag, war nicht sehr viel besser. Und der Gedanke, dass wir keine Ahnung hatten, wo er wirklich steckte, war irgendwie fast am schlimmsten.

So viele miese Gedanken auf einmal, das war echt zu viel.

»Ich ruf die Polizei an«, sagte Malte schließlich.

# Erpressung

Aber bevor Malte 110 wählen konnte, schrie Jule los wie eine Furie.

Sie schnellte von der Matratze hoch und schlug Malte das Handy aus der Hand.

»Ey, sag mal – tickst du noch richtig? Erst mein Rad, dann mein Handy. Jetzt ist aber Schluss!«

Malte bückte sich nach dem teuren Teil, aber Jule trat es in die Ecke.

»Keine Polizei!«, zischte sie.

»Hast du einen besseren Vorschlag?«

»Keine Bullen!«, wiederholte sie stur.

»Und warum nicht?«

»Das geht euch einen Dreck an.«

In Jules Augen lag ein Funkeln, das einem echt Angst machen konnte.

Mir zumindest.

Olli ist da nicht so empfindlich. Er legte Jule die Hand auf die Schulter (das hatten wir im Anti-Streit-Training gelernt, soll angeblich *deeskalierend* wirken). Dann sagte er mit zuckender Augenbraue und fester Stimme: »Das ist UNSER Freund. Und UNSER Hund. Also entscheiden WIR …«

Aber Jule war an kuschelpädagogischen Spielchen nicht interessiert. Sie schüttelte Ollis Hand ab und trat um sich wie ein Raddampfer stromaufwärts. Olli hielt sie mit weit ausgestreckten Armen fest. Jetzt zappelte Jule wie ein Tanzäffchen im Zirkus. Sie hatte gegen Olli Klitschko überhaupt keine Chance, auch wenn sie das nicht einsah. Die meisten ihrer Tritte verpufften in der Luft wie Seifenblasen im Wind.

Nur einer traf den Rucksack, der an der Wand lehnte; er kippte um. Ein paar Sachen fielen heraus und in dieser Sekunde wurde uns einiges klar.

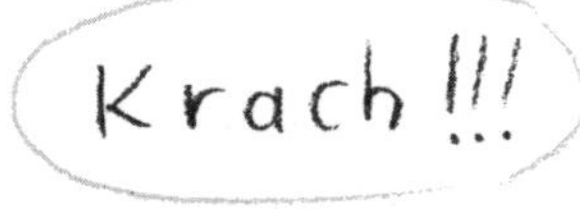

Erschrocken blickte Jule auf die Bescherung und vergaß dabei völlig, zu zappeln.

»Loslassen!«, schnauzte sie Olli an. Schnell hob sie die Sachen auf und wollte sie zurück in den Rucksack stopfen, aber Malte nahm ihn ihr einfach aus der Hand. Mit seinem Schnöselgesicht-Gesicht, Widerspruch zwecklos. Wortlos drehte er ihn um und der ganze Inhalt fiel auf den Boden.

Und was meinst du wohl, war drin in dem Ding?

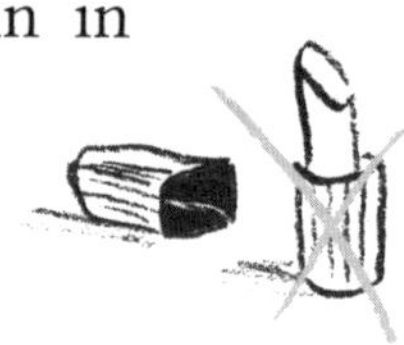

Lippenstift und so ’n Zeugs?

Ein Allerbeste-Freundinnen-Buch?

Spitzentaschentücher und/oder vollgerotzte Tempos?

Fehlanzeige – so was von!

Dafür jede Menge Zeugs, was irgendwie teuer und gut war: Handys, Brieftaschen, Geldbörsen, Armbanduhren und Ringe. Alle möglichen DVDs …

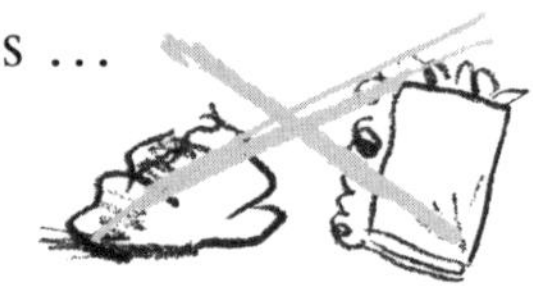

»Alter Schwede!«, murmelte Olli.

Jule beteuerte: »Gehört alles mir!«

»Logo, das braucht man dringend. Sozusagen als Grundausstattung für junge Mädchen von heute.«

Malte schüttelte den Kopf. Selbst jemand wie er besaß keine zwei Dutzend Brieftaschen oder Handys im Zehnerpack.

In meinem Kopf machte es

»Deshalb also keine Polizei«, stellte ich fest.

Jule schaltete blitzschnell von trotzig-wild auf armes, kleines Hascherl um. (Die war nicht blöd, ich sag’s dir!)

Ihre Stimme wurde sanft, ihr Blick treu wie der von Bambi. »Ich kann euch alles erklären.«

Ja, super! Wir waren gespannt.

Zuerst versuchte sie doch tatsächlich noch mal, uns zu verarschen.

»Ich hab die Sachen zur Konfirmation bekommen.«

Na klar! Wenn da nur nicht ein kleiner logischer Fehler gewesen wäre.

»Wer soll dir denn was schenken, wenn du gar keine Familie hast?«, wollte ich wissen.

Olli sah mich bewundernd an. »Stimmt.«

Malte tippte sich bloß mit dem Finger gegen die Stirn. »Du spinnst ja total! Aber okay. Wenn das so ist, brauchst du ja keine Angst vor der Polizei zu haben.«

Er hatte sich inzwischen wieder sein Handy gegriffen. Diesmal schlug Jule es ihm nicht aus der Hand. Sie sah Malte flehend an und flüsterte: »Bitte, keine Bullen. Die Sachen sind geklaut.«

Malte musterte Jule von oben bis unten und heuchelte wissenschaftliches Interesse. »Sieh an, sieh an, was für ein interessanter Vogel! Flucht wie ein Rohrspatz und klaut wie ein Rabe. Sag mal, *Birdie*: Warum machst du solchen Scheiß?«

»Weil's Spaß bringt!«

»Blöde Antwort«, murmelte Olli.

»Okay. Wie wär's mit: Ich sterbe sonst vor Langeweile?«

»Noch blöder.«

»Dritte Möglichkeit: Das Klauen liegt mir im Blut. Ist ein irreparabler Gen-Defekt, so ähnlich wie bei eurem kleinen Trottel.«

Malte machte einen drohenden Schritt auf Jule zu und die Spaßrunde war vorbei. »Sag so was nie wieder!«

»Sonst?«

»Sonst bist du schneller im Jugendknast als ein Tornado fliegt … Da gehörst du sowieso hin.«

»He, war ja nicht so gemeint«, murmelte Jule fast unhörbar. Und dann entschloss sie sich, uns doch lieber die ganze Wahrheit zu sagen.

Mit der Wahrheit ist das ja so 'n Ding: Das ist ein dehnbarer Begriff, schlimmer als Kaugummi.

Also. Jule erzählte uns jetzt, warum sie klaute, und ich zumindest glaubte ihr. Der Grund leuchtete mir nämlich ein: Jule war arm. Jule hatte keine Kohle, sich all die schönen Sachen zu kaufen, und deshalb nahm sie sich die einfach von Leuten, die sie hatten.

Eigentlich ganz logisch.

Aber die Sachen fehlten den anderen und die wurden dann sauer. Auch ganz logisch.

Und trotzdem war ein Fehler in der Logik.

»Wofür brauchst du denn so viele Uhren?«

Ollis Frage war berechtigt. Denn wenn Jule *eine* Uhr geklaut hatte, hätte sie ja eigentlich genug. (Logisch.)

An dieser Stelle hatte Jule keinen Bock mehr auf Logik und auf Wahrheit auch nicht, das sah man ihr deutlich an. Sie presste die Lippen zusammen wie Ollis kleine Schwester, wenn sie Hustensaft schlucken soll.

»Los, raus mit der Sprache!« Malte zückte drohend sein Handy.

Schwupp!, das war das Codewort. Jules Lippen öffneten sich wieder.

»Ich behalte die Sachen ja gar nicht. Ich muss sie jemandem geben.«

Malte verstand. Ich auch, natürlich. Nach mindestens hundert Tatort-Folgen weiß man schließlich Bescheid.

»Und der vertickt sie dann, stimmt's?«

Jule nickte.

»Und gibt dir einen Teil ab.«

Jule schwieg.

»Fifty-fifty?«

Jule schnaubte verächtlich. »Schön wär's!«

»Und warum machst du es dann?«

Jetzt kam Teil zwei der Geschichte. Und der war noch spannender als Teil eins.

Jule wurde nämlich erpresst.

ERPRESST – das war echt mies!!! Bei mir hat das bisher erst einer versucht und das ist schon lange her. Inzwischen bin ich mir auch gar nicht mehr sicher, ob es wirklich Erpressung war, als meine Mom vor Jahren zu mir sagte: »Wenn Nickilein jetzt schön den Brei aufisst, gibt es anschließend eine feine Belohnung!«

Bei Jule WAR es aber echte Erpressung und zwar von der ganz schlimmen Sorte. Sie wurde mal beim Klauen von einem Typen erwischt und der drohte ihr prompt, sie zu verpfeifen. Außer sie klaute ab jetzt für ihn. Und weil die ach so coole Jule vorm Knast dann doch Respekt hatte, ging sie darauf ein.

Irgendwie konnte ich sie sogar verstehen, nach hundert Tatort-Folgen weiß man schließlich, was dort so abgeht. »Scheint ja ein netter Kerl zu sein, dein … äh … Bekannter«, meinte Malte.

»Er ist ein Schwein«, stellte Jule fest. Ungefähr so, als ob sie sagte: »Schönes Wetter heute.«

Warum denkt man eigentlich gleich immer an irgendetwas Schlechtes, wenn jemand als Schwein bezeichnet wird? Schweine sind sauber, freundlich, intelligent und sehr soziale Wesen.

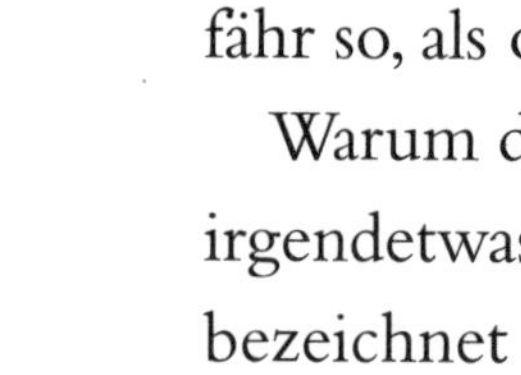

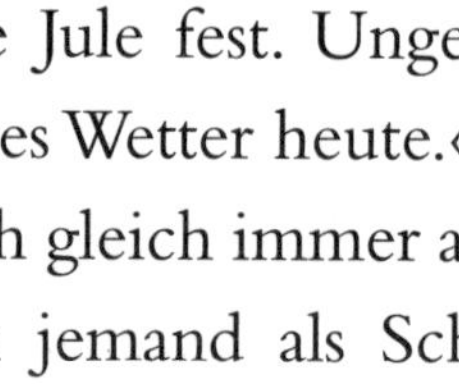

Und trotzdem: Ein menschliches Schwein ist nichts Gutes. Davon konnten wir uns auch gleich selbst überzeugen. Denn plötzlich flog die Tür auf und ... da stand ...

ER.

Wir kriegten alle einen Riesenschreck, klar, mit so was rechnest du ja nicht. Normalerweise klopfen Leute an, wenn sie irgendwo reinwollen. Der hier nicht. Überhaupt sah er so aus, als ob er mit dem Wort »Manieren« nicht so schrecklich viel anfangen konnte. Ich konnte gut verstehen, dass Jule ihn ängstlich beäugte, der Typ war irgendwie ... seltsam. Vorsichtig ausgedrückt.

Hatte ich schon erwähnt, dass es für mich vier Arten von Leuten gibt, die ich auf den Tod nicht leiden kann? Nein? Hier kommen sie:

Errätst du, zu welcher Sorte unser Freund hier gehörte?

Richtig!

# Tatze

Ein Popelheini wäre mir lieber gewesen. Die sind zwar eklig, aber harmlos. Der hier machte nicht den Eindruck, als ob er viel Spaß verstand.

»Das ist Tatze«, stellte Jule ihn vor.

TATZE!

Nein, wie niedlich. Ein hübscher Name für ein Miezekätzchen. Zu dem hier hätte besser FRATZE gepasst, aber das schlug ich vorsichtshalber nicht vor. Ich weiß nämlich, wann man lieber den Mund hält.

Olli nicht.

»Tatze? Ich dachte, er heißt Schwein.«

Tatzes Antwort war ein Tritt gegen die Tür, auch eine Art, sie zu schließen. PENGG!!!

Jetzt hatten wir Gelegenheit, den ganzen Kerl zu bewundern.

Meine Eltern würden mich so nicht rumlaufen lassen! Aber bitte: Jeder wie er will. Und wie heißt es immer so schön: Egal, wie sie aussehen, alle Menschen sind gleich. Amen.

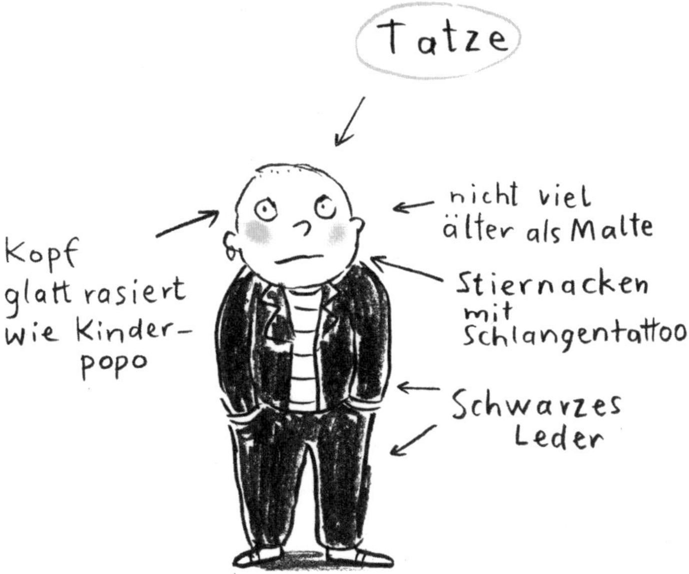


Mag sein. Aber nicht alle sind gleich nett!

Tatze musterte uns genauso kritisch wie wir ihn. Und aus seinen Blicken konnten wir schließen, dass die Abneigung auf Gegenseitigkeit beruhte.

Besonders beruhigend fand ich das nicht.

»Aufheben!«, schnauzte Tatze.

Er nickte Richtung Jule und zeigte auf die Sachen am Boden.

»Oh, ein echter Gentleman, wie mir scheint«, sagte Malte und fügte mit Schnöselgesicht hinzu: »Aber fehlte da nicht grad ein Zauberwörtchen?«

»Häh?«

Man konnte deutlich sehen, wie es im Kinderpopo arbeitete.

Jule funktionierte auch ohne Zauberwort. Sie bückte sich brav und stopfte alles in den Rucksack.

»Also, die Jungs hier …«, fing sie vorsichtig an, »es ist nicht so, wie du denkst, Tatze …«

»Ich denke gar nichts«, erwiderte Tatze.

Das war der einzige Satz von ihm, dem wir bedingungslos zustimmen konnten.

»Und ich will auch nicht wissen, wer die sind.«

»Höchst bedauerlich«, erwiderte Malte.

Ich wusste, was in ihm vorging, ich kenne Malte genau. Gute Umgangsformen sind ihm heilig; es hätte nicht viel gefehlt und der unhöfliche Kerl hätte eine satte Portion Nachhilfe in Sachen Knigge bekommen.

Aber Tatze ließ nur einmal kurz die Muckis unter dem schwarzen Leder zucken und alles war geklärt. Malte zog sich vornehm zurück. Und das kleine, nicht so feine Wörtchen, das sich Maltes Lippen entrang, hörten nur Olli und ich.

»Wer ihr seid, ist mir scheißegal. Ich will wissen, was ihr hier macht.«

Also doch neugierig, der Junge!

Gerade wollte ich anfangen, in epischer Breite vom Hundegassi zu erzählen (ich hätte auch ein fröhliches Lied geträllert, um den Typen milde zu stimmen), da kam Olli mir wieder zuvor.

»Wir haben auf einen Hirni wie dich gewartet.«

Tatze überlegte einen Moment. So einen Satz könnte man ja auch als Kompliment auffassen, oder? Aber Tatze entschied sich dagegen.

»Pass mal auf, Baby-Face …«, knurrte er.

Oh oh, ganz falscher Ton!

So kann man Olli nicht kommen.

Ich hätte den beiden jetzt stundenlang zuschauen können. In respektvoller Entfernung, versteht sich. War ein bisschen wie im Kino.

Pass selber auf, Baby-Arsch! Mein Alter ist bei der Polizei.
Na und? Meiner ist bei der Mafia. Der Boss.
Ach so. Nur leider ist er nicht hier. Und zu deiner Info: ICH kann Karate.
Oh, jetzt hab ich aber Angst. Stell dir vor: Ich bin Weltmeister im …
… Hackfleisch machen. Und du bist bald eine Frikadelle!
GGRRR!
GGRRR!

»Schnauze, alle beide!« Jules Ansage war mehr als deutlich. Und vor lauter Überraschung verstummten die beiden Kampfhähne tatsächlich.

»Das ist doch völlig bescheuert, sich hier gegenseitig zu bepöbeln. Wir müssen Bernie suchen, das ist viel wichtiger.«

Tatze verstand natürlich nur Bahnhof. »Bernie?«

»So'n kleiner Blonder mit Mondgesicht«, klärte Jule ihn auf. »Der liebste Kerl der Welt. Aber alleine ziemlich hilflos. Hast du so einen gesehen?«

Tatze legte die Stirn in Falten, sollte heißen: Moment, ich überlege!

»Ja so ein Zufall! Genau so einen hab ich gesehen.«

»Wann war das? Und wo?«, fragte Malte hektisch.

»Bin ich hier, um zu plaudern? Nee, bin ich nicht. Ich will was abholen, sonst gar nichts.«

Jule machte einen schnellen Schritt und stellte sich vor den Rucksack.

»Erst sagen, wo du Bernie gesehen hast. Dann kriegst du ihn.«

Tatze grinste breit. »Den krieg ich auch so!«

»Bist du sicher?«

Olli stellte sich demonstrativ neben Jule, Malte tat dasselbe. Und weil ich ja kein Weichei bin, hab ich mich auch dazugestellt. Jetzt grinste Tatze nicht mehr.

»Ihr seid in der Überzahl«, stellte er fest.

»Andere sind immer in der Überzahl, wenn man selber eine Null ist«, sagte Olli.

»Okay. Ich mach euch ein großzügiges Angebot. Und an eurer Stelle würde ich das verdammt noch mal annehmen.«

Tatze guckte jetzt so freundlich wie eine satte Hyäne und all meine Vorurteile schmolzen dahin wie Schokoeis in der Sonne. Na ja, nicht ganz vielleicht.

Tatze lehnte sich lässig gegen die Wand. Großkotzig sagte er: »Ich krieg den Rucksack und ihr die Infos. Das ist ein fairer Deal.«

Das klang nicht schlecht. Aber irgendwie auch seltsam. Es war zu einfach ... fast so, als ob wir auf dem Schulhof Sammelbildchen tauschten. Aber realistisch betrachtet hatten wir gar keine andere Wahl, wir mussten Tatze glauben. Und wenn man mal ganz ehrlich war: Der blöde Rucksack war uns so was von egal! Okay, Jule vielleicht nicht. Aber sie zog mit. Sie griff das schwere Ding mit beiden Händen und hielt ihn Tatze entgegen. Doch als er zugreifen wollte, zog sie ihn zurück.

»Was soll das?«, schnauzte Tatze.

»Erst sagen, wo Bernie steckt«, forderte Jule.

»Verdammt noch mal, gib her!«

»Erst sagen!«

»Nein!«

»DOCH!!«

Dazu rangelten die beiden um den Rucksack wie beim Tauziehen, das war lustig!

Aber es gibt Leute, die verstehen echt keinen Spaß. Tatze gehörte dazu. Er hatte keine Lust auf das dämliche Spiel, guckte wieder so böse wie am Anfang und irgendwie passte das auch besser zu ihm.

»Spiel dich nicht so auf, du kleine ekelhafte Kröte! Her mit dem Ding. Wir sind doch nicht im Kindergarten! Und dann verpiss dich und zwar für alle Ewigkeit! Du wirst mir echt zu nervig. Solche Zicken wie dich kann ich nicht gebrauchen. Und die alle hier erst recht nicht. Die Sache wird mir langsam zu heiß.«

*Die alle hier* – das waren Malte, Olli und ich. Für Tatze keine harmlosen kleinen Jungs, sondern unbequeme Zeugen, das sah man an seinem Gesicht. Am bedrohlichen Flackern in seinen Augen, das absolut nichts Gutes versprach. Okay, wir waren 4:1. Aber im Klartext bedeutete das: vier harmlose Kinder gegen einen Brutalo allerersten Güteklasse. Der alles umpflügte, was ihm im Weg stand. Wir waren für ihn wie Zecken im Pelz, widerliche Mitwisser seiner schmutzigen Geschäfte. Altlasten, die man am besten in der Elbe versenkte!

Muss ich mich schämen, dass mir in diesem Moment echt die Knie schlotterten?

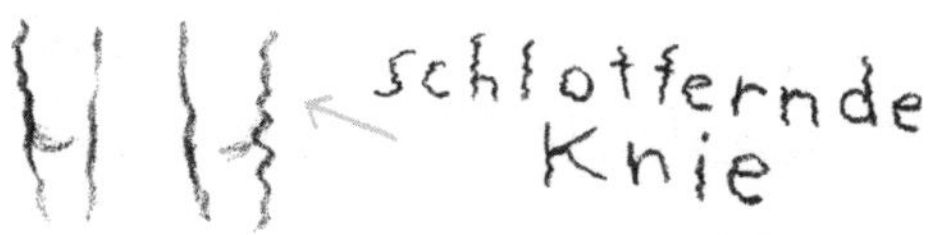


Nee. Muss ich nicht. Ich glaube, das verstehst du.

Jule sah das Ganze bedeutend cooler. In ihren Augen tanzte ein Leuchten wie bei einem Kind unterm Weihnachtsbaum. Der Gedanke, den miesen Kerl für immer los zu sein, erschien ihr wohl geradezu paradiesisch. Da war alles andere wurscht.

Energisch schleuderte sie Tatze den Rucksack vor die Füße, als ob es ein gefährliches Reptil wäre.

Ein Grinsen huschte über sein Gesicht. »Na bitte, geht doch! Braves Mädchen. Jetzt noch her mit der Kohle und gut is.«

Jule kramte einige Geldscheine aus der Hosentasche und reichte sie Tatze widerwillig. Der nahm sie, hob den Rucksack auf und wandte sich zur Tür. Olli machte einen schnellen Schritt nach vorn.

»Moment – du hast was vergessen!«

»Ach ja? Was denn?«

»Du wolltest erzählen, wo du den Jungen gesehen hast.«

»Richtig, jetzt fällt es mir wieder ein. Klar hab ich den gesehen. Das heißt – vielleicht war es auch ein Mädchen, ich kann mich nicht genau erinnern. Sehen doch alle gleich aus! Jedenfalls war es an den Landungsbrücken. Ach nee, da unten beim Leuchtturm. Heute Morgen. Oder war es gestern? Na, ihr kriegt das schon raus. Könnt ja ein kleines Spielchen draus machen, mit Schnitzeljagd und so. Viel Spaß beim Kindergeburtstag!«

Dann verschwand Tatze lachend in der Dunkelheit, ein bühnenreifer Abgang. Nur, dass es keine Komödie war.

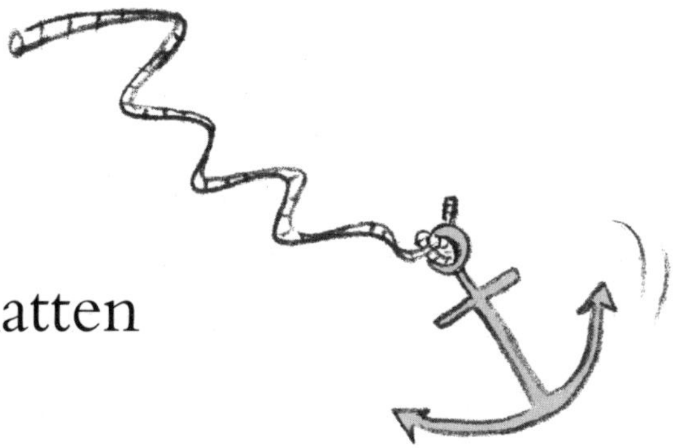

# Fliegende Ratten

In der Ferne hörten wir das Knattern von Tatzes Moped.

Wir standen da und glotzten in die Dunkelheit.

Baff (ich).

Erleichtert (Jule).

Enttäuscht (Malte).

Sauer (Olli).

»Die gute Nachricht ist: Den bist du los«, sagte Malte zu Jule. »Die schlechte allerdings: Bernie ist immer noch weg.«

Ich sah auf die Uhr. Die Zeiger rückten immer näher an Mitternacht ran. Ob unsere Eltern immer noch glaubten, dass wir Hausaufgaben machten? Unsere armen, gutgläubigen, hoffnungsfrohen, ahnungslosen Alten …

Nach der Mathe-Arbeit morgen würde es für uns alle ein böses Erwachen geben. Oder spätestens, wenn wir sie zurückbekämen, wahrscheinlich mit fetten Fünfen darunter. Unsere Eltern würden uns nie wieder ein Wort glauben, im ganzen Leben nicht. Aber das war im Augenblick nicht das größte Problem.

Ich fühlte mich nicht gut. Genau genommen fühlte ich mich ziemlich mies. Ich verfluchte Olli und seine Schwester und den blöden Köter, denn damit hatte alles angefangen. Und kein Ende in Sicht. Ich war inzwischen todmüde, aber das ging nicht nur mir so. Außerdem waren meine Klamotten nass vom Regen und klebten am Körper wie ekelhafter Slime. Ich wollte nur noch eins: ab nach Hause ins warme Bett. Decke über den Kopf und gute Nacht! Am nächsten Morgen sanft von der Sonne geweckt werden oder vom Duft eines heißen Kakaos. Um mich dann langsam, gruselig-wohlig an den Albtraum der vergangenen Nacht zu erinnern, in dem ein Monster namens Tatze auftauchte, das wir erfolgreich bekämpften …

Vielleicht sollte ich einfach nach Hause gehen.

Aber dann wäre ich Nick, der Softie. Und ich war lieber Nick, der Coole. Der unerschrockene Denker, der Mann mit den guten Ideen. Der seine Hafenbande aus jeder noch so üblen Lage befreite wie Winnetou seine Apachen.

Das Blöde war nur: Mir fiel nichts ein.

Wir standen immer noch draußen vor dem Schuppen und starrten in die Dunkelheit, als ob dort die Erleuchtung auf uns wartete.

»Wir hätten Tatze nicht laufen lassen sollen«, grollte Olli, »das war ein echter Fehler.«

Olli ist ein Kämpfer durch und durch, auf dem Fußballplatz und im wahren Leben. Das Wort »verlieren« gibt es für ihn nicht. Ich wusste genau, was in meinem Freund vorging: Wenn es nach ihm gegangen wäre, hätte er Tatze bis ans Ende der Welt verfolgt.

Zumindest aber bis ans andere Ufer. Rüber zur anderen Seite der Elbe, durch den alten Tunnel hindurch. Mann, das hätte eine echt geile Verfolgungsjagd gegeben! Tatortreif. Bei mir ging sofort das Kino im Kopf los: Olli mit dem Fahrstuhl in neongrellem Licht den Tunnel runter. Dann fünfhundert Meter schnurgeradeaus – es gibt kein Entkommen, denn drumherum sind nur Wasser, Fische und Wellen, davon allerdings reichlich. Vor ihm nur ein Ziel: der Fiesling auf der Flucht. Los, Olli, gib Gas! Er ist Tatze dicht auf den Fersen. Dann packt er ihn von hinten, reißt ihn zu Boden, Widerstand zwecklos. Der Typ schnallt es sofort: Er hat keine Chance mehr.

Er fleht um Gnade und packt aus. Denn er weiß, es hat noch keinem geschadet, im richtigen Moment wie ein Vögelchen zu singen …

Super Story, findest du nicht?

Es gab bloß zwei winzig kleine Haken, die die Sache dummerweise erschwerten:

Erstens war Tatze mit dem Moped abgedampft. Da hätte Olli schlechte Karten, selbst mit Maltes Turborennrad.

Und zweitens wussten wir ja nicht mal, ob der Typ Bernie wirklich gesehen hatte.

Hatte er?

Jule zuckte bloß mit den Schultern. »Woher soll ich das wissen?«

Irgendwie hatte ich das Gefühl, dass Jule es doch wusste.

Dass sie Tatze besser kannte, als sie zugab.

Und dann sagte mir mein Gefühl auch noch, dass ich heute schon verdammt viel im Gefühl gehabt hatte, was mal stimmte und mal nicht. Und dass ich aufpassen musste, vor den anderen nicht als gefühlsduseliges Weichei dazustehen.

Lange Rede kurzer Sinn: Ich hielt einfach die Klappe.

Eigentlich sprach jetzt nichts mehr dagegen, endlich die Polizei zu holen.

Nichts – außer Jule.

Die hatte nämlich eine Bullen-Phobie. Das ist eine schlimme Sache, ähnlich ätzend wie die Angst vor Spinnen. Aber es waren keine Krabbeltierchen, die Jule ausflippen ließen. Das Wort »Polizei« genügte schon, um sie in Panik zu versetzen.

Davon abgesehen drängte sich die Frage auf: Was sollten wir denen erzählen? Wie verklickert man der Polizei, dass ein paar Kinder nachts in einem alten Schuppen rumlungerten und ein fünftes suchten, das nicht richtig tickt?

Ein echt schwieriger Fall.

Wahrscheinlich hätten wir noch bis morgens um fünf so dagestanden und dämlich vor uns hingestiert. Doch in diesem Moment passierte was.

Kennst du das? Du sitzt in der Geisterbahn mit lauter grauenhaften Gestalten um dich rum, die nichts anderes zu tun haben, als dich zu erschrecken. Dann rast du auf eine dunkle Tür zu und glaubst, das ist das sichere Ende. Aber vorher kommt noch der große Showdown und irgendwas Ekliges stürzt auf dich zu …

Kennst du nicht?

Dann empfehle ich dir dringend, das nachzuholen. Denn nur so kannst du verstehen, wie wir uns gerade fühlten.

Es flog nämlich tatsächlich was um unsere Köpfe herum. Was Kleines, Dunkles, Schnelles. Und zwar so dicht, dass wir uns erschrocken duckten.

Es streifte Ollis Haare und flatterte davon.

»Ääh!«, rief Malte. »Möwenschiss ist ätzend!«

Zugegeben, der Gedanke lag nahe. Hafen + Fischbrötchen + Möwen, das gehört zusammen wie Curry + Wurst. Aber wenn dies eine Möwe war, dann war sie entweder blind oder blöd. Und flog ohne Navi. Außerdem hatte ich bisher angenommen, dass normale Vögel um diese Zeit schliefen. Genauso wie normale Kids.

Aber ich bin ja kein Vogelexperte. Und aus Bequemlichkeitsgründen hätte ich den Vorfall wahrscheinlich unter »Ufoerscheinungen« abgelegt und nicht weiter darüber nachgedacht.

Ganz anders Jule.

Kreisch!!

Wir zuckten noch heftiger zusammen als eben bei dem Flugangriff. (Womit eindeutig bewiesen ist, dass Mädchen eine richtig gefährliche Spezies sind. Man denke nur mal an mögliche Folgen eines solch hysterischen Schreiens: Tinnitus, Schockstarre, Herzkasper, Ohnmacht.)

»Wilma!«, schrie Jule in höchsten Tönen. »Das war Wilma, hundertpro! Die will uns etwas zeigen!«

Ich glaube, wir guckten ähnlich intelligent wie Tatze vorhin.

Jule fing nun an zu schimpfen. »Ihr Blödmänner, steht nicht so rum und glotzt! Wenn ich sage, das war Wilma, dann war das Wilma, das könnt ihr mir ruhig glauben. Die kann so was! Die kann noch viel mehr. Sie ist schlauer als ihr alle zusammen. Die hat einen Wahnsinns-IQ, davon könnt ihr nur träumen.«

Olli, Malte und ich sahen uns ratlos an. Okay, wir hatten ja vorhin schon kapiert, dass Jule viel von der Ratte hielt. Die war so stolz auf das Viech wie Eltern auf ihr Erstgeborenes. Ollis Vater glaubt ja auch, dass Olli mal der nächste Maradonna wird. Und meine Eltern sehen mich als direkten Nachfolger von Bill Gates. (Na ja, ist ja auch nicht ganz abwegig …)

Aber eine hochbegabte Ratte? Das war echt krass. Was macht man mit jemandem, der davon ernsthaft überzeugt ist?

Auslachen?

Ignorieren?

Den Mund zuhalten?

Am besten alles zugleich.

In Krisenzeiten ist mein Gehirn mindestens so taff wie das von Sherlock Holmes. Will sagen: Ich scanne in meinem Oberstübchen die wichtigsten Fragen und beantworte sie blitzschnell.

* Haben Ratten einen IQ?

Wahrscheinlich. Aber er dürfte sich maximal im unteren zweistelligen Bereich bewegen; also keine ernsthafte Konkurrenz für mich.

IQ – Intelligenzquotient

Albert Einstein
(Genie) … 140

Tatze
(Dummbatz) … 80

Mehlwurm
schätzungsweise … 3

* Können Ratten fliegen?

Nein. Genauso wenig wie Kühe, Kaninchen und Elefanten.

Warum nicht? Weil es dämlich aussehen würde.

* Darf man hysterischen Mädchen glauben?

Auf keinen Fall! Das wäre der sichere Anfang vom Ende, wie die Geschichte tausendfach beweist. Beispiel: … äh … fällt mir grad nicht ein.

* Muss man solche klugen Gedanken seinen Freunden mitteilen?

Natürlich.

Wenn man die Zeit dafür hat.

Aber die hatte ich nicht.

Denn Jule rannte wie von der Tarantel gestochen dem fliegenden Etwas hinterher. Durch die Dunkelheit, den Abhang runter, Richtung Zaun und *Zack!* drüber weg. Olli, Malte und ich liefen ihr nach wie die Lemminge.

Warum? Keine Ahnung.

Vielleicht weil uns nichts Besseres einfiel.

Vielleicht aus Gewohnheit. Schließlich waren wir ja schon eine ganze Weile sinnentleert durch die Gegend gelaufen.

Oder vielleicht – weil wir Jule nicht im Stich lassen wollten? Wäre ja schließlich superblöd, wenn die jetzt auch noch verschwand.

Außerdem macht man das als Bande nicht – man lässt keinen im Stich! Ich will ja nicht behaupten, dass wir zu diesem Zeitpunkt schon eine richtige Bande waren. Aber irgendwie gehörten wir doch zusammen, nach allem, was passiert war. Und das bedeutete: Wir mussten hinter Jule her!

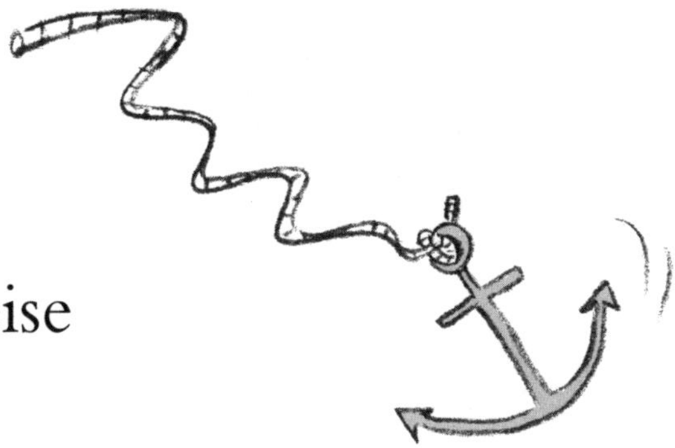

# Draculas Reise

Wir liefen das Elbufer entlang und folgten dem flatternden Ding. Keine Spaziergänger weit und breit mehr zu sehen. Die lagen alle in ihren Betten und schnarchten. Kluge, vernünftige Leute!

Der Weg war noch immer überflutet und unsere Füße klatschnass. Die Fähren fuhren schon lange nicht mehr, die hatten Verschnaufpause bis morgen früh. Nur vom Containerhafen drang Lärm zu uns rüber, die waren da noch schwer am Schuften, genau wie wir.

Wo führte uns das Flatterding bloß hin?

Und was war das für ein Wesen?

Eine Ratte natürlich nicht. Völlig beknackte Idee! Flugsaurier und fliegende Fische schieden auch aus, aus verständlichen Gründen.

Manchmal torkelte das Ding hin und her wie ein betrunkener Seemann. Aber auch die waren nachts nicht in der Luft unterwegs, da war ich mir ziemlich sicher.

Plötzlich ging das Kopfkino bei mir wieder los, ich konnte gar nichts dagegen tun …

AAUUUA!!!!

Scheiße, das tat weh!

Ich wusste nicht, worüber ich gestolpert war, hab's im Dunkeln nicht gesehen. Olli packte mich am Arm und riss mich wieder hoch.

»Alles okay?«

Aber ja, natürlich! Alles prima. Es ging mir niemals besser.

Ich biss die Zähne zusammen und setzte mich in Trab, um den Anschluss nicht zu verlieren. Denn die Aussicht, dort allein im Schlamm zu sitzen, war nicht besonders verlockend. Und es blieb ein gewisses Restrisiko, dass Dracula vielleicht ein paar Freunde mitgebracht hatte, alle auf der Suche nach Unterhaltung …

Ich musste diese blöde Vampirgeschichte irgendwie aus meinem Kopf kriegen. Deshalb schickte ich meine Gedanken schnell wieder zu Bernie.

Ohne Umwege.

Ohne Schnörkel.

Ohne blöde Fantasien.

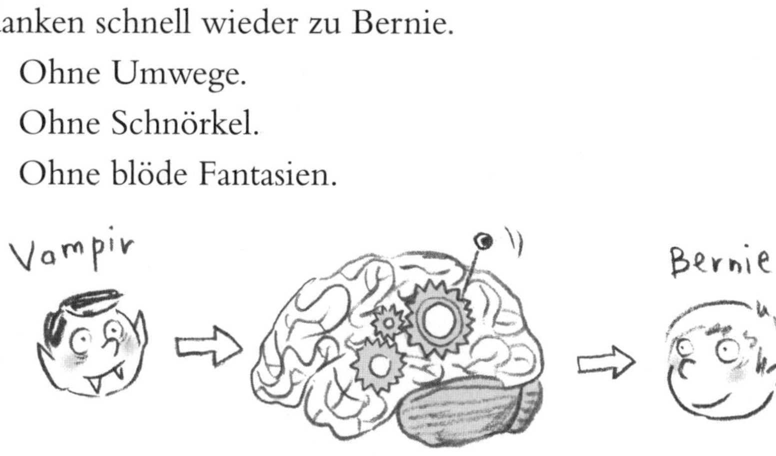

Wo steckte der Junge bloß?

Wir sollten endlich die Polizei holen. Denn vielleicht hatte Bernie ernsthaft Mist gebaut. Vielleicht hatte er das gemacht, wovon er schon lange träumte, und war auf den Leuchtturm geklettert. Auf das hohe Ding unten am Strand. Bis ganz nach oben, wo es so schön blinkte, und jetzt kam er allein nicht wieder runter.

Oder er war wirklich irgendwo an Bord gegangen, durchaus möglich, so mitten im Hafen. Es musste ja nicht mal ein dubioser Seelenverkäufer sein, auf dem Weg ins Nirgendwo. Nein, vielleicht war Bernie auf einem schnieken Kreuzfahrtschiff gelandet und mischte die feine Gesellschaft da mal so richtig auf mit einer flotten Arschbombe in den Pool. Oder auch möglich: ein gottverfluchtes Piratenschiff. Ach nee, hier bei uns im Hafen gab es die zum Glück schon lange nicht mehr. Okay, eine Sorge weniger.

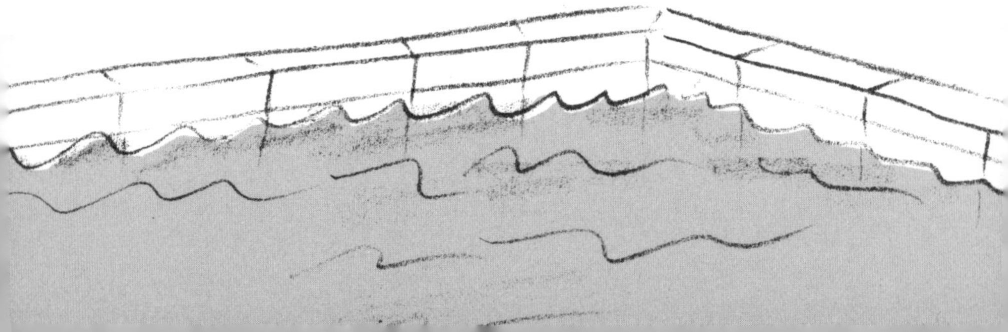

Aber unterm Strich immer noch Trouble genug.

Denn vielleicht war Bernie auch zum Dom gerannt. (Nee, nicht zur Kirche, wie du vielleicht denkst. Bei uns hier meint man mit »Dom« den Jahrmarkt. Da wird nicht gebetet, im Gegenteil.) Dort hatte Bernie sich dann eine Tüte gebrannte Mandeln gekauft und sich ins Riesenrad gesetzt. Und nun schwebte er in einer Gondel ganz weit oben, bei Regen und Sturm, die ganze Nacht. Bis es morgen irgendwann weiterging und Bernie wieder zur Erde runterdurfte. Oh Gott, hoffentlich tickte er da nicht aus! Ganz allein, abgeschnitten von der Welt. Vergessen, verloren, verzweifelt …

Mist, da waren sie ja doch, die ätzenden, nervigen Gedanken! Wie ekelhafte Parasiten, absolut nicht zu vertreiben.

Sie wurden immer mehr.

Die Nacht wurde immer dunkler.

Wir liefen immer schneller.

Alles wurde immer düsterer und gefährlicher …

PENG!

Was war, wenn Bernie nie wieder auftauchte? Wenn er verschwunden bliebe wie vom Erdboden verschluckt? Vielleicht hatte ihn der Erdboden ja tatsächlich verschluckt. Vielleicht gab es irgendwo ein großes schwarzes Loch, das kleine Jungs mit Vollmondgesicht fraß? Aber die waren doch bestimmt ganz schwer verdaulich …

Rück ihn raus,
du mieses Loch,
du!

Wir brauchten Hilfe, völlig klar. Jetzt sofort und auf der Stelle. Egal, was Jule sagte. Dieser Situation waren wir nicht mehr gewachsen. Der Fall war ein paar Nummern zu groß für uns. Da mussten Profis ran. Polizei, Feuerwehr, MEK – mindestens. Vermummte Kerle mit Gewehren und Hunden. Hubschrauber und Infrarot. Und überall Fotografen auf der Fährte nach der Wahnsinnsstory …

scheiße. Scheiße! SCHEISSSSE!!

Ja, ich hatte Schiss, ich gebe es zu. Außerdem hatte ich Seitenstiche und die Schnauze voll von dem Gerenne.

Ich rief, so laut ich konnte, mit dem bisschen Puste, das mir blieb. Und dann knallte ich auch schon auf die anderen drauf, die meinem Kommando brav gefolgt waren. Und in dem Moment hatte ich obendrein noch eine Wahnsinnserkenntnis.

ICH war hier der WAHRE Boss.

Der geistige Chef, der Häuptling. Der Mann mit den Führungsqualitäten, der die anderen lenken konnte. Und musste! So einen braucht jede Bande. Oh, es tat gut, es zu spüren, selbst in so einer Situation.

Und ungefähr fünf Sekunden lang hab ich echt daran geglaubt.

Bis ich erkannte, weshalb die anderen WIRKLICH angehalten hatten.

Wir standen vor Harrys Hafenkiosk, dem Garten Eden für Kinder. Ziel aller Hungrigen und Durstigen. Mekka der Strandpilgerer und Touristenfalle. Hier kriegst du alles, was du brauchst und noch viel mehr, was du nicht brauchst. Bei Tag.

Aber jetzt war es stockfinstere Nacht und die Sache sah völlig anders aus.

Weshalb hatten die anderen hier haltgemacht?

Das Flatterding war verschwunden. Abgetaucht in die Dunkelheit. Die komischerweise hier gar nicht so dunkel war …

Die Fenster des Kiosks waren verrammelt; ein Lichtschein fiel durch die Ritzen. Unter der Tür leuchtete es auch ganz hell – kein Zweifel: Drinnen brannte Licht.

»Seltsam«, sagte Olli.

Na ja, dachte ich, da hat eben einer vergessen, das Licht auszumachen. Der wird sich demnächst über die Stromrechnung freuen! Kein Grund für uns, sich darum zu kümmern. Wir hatten andere Sorgen.

Ich wollte die anderen gerade weiterscheuchen, da legte Jule warnend den Finger an die Lippen. »Psst!«

Und dann hörten wir es auch. Von drinnen ertönte ein leises Stimmchen.

Eine Stimme, die wir gut kannten.

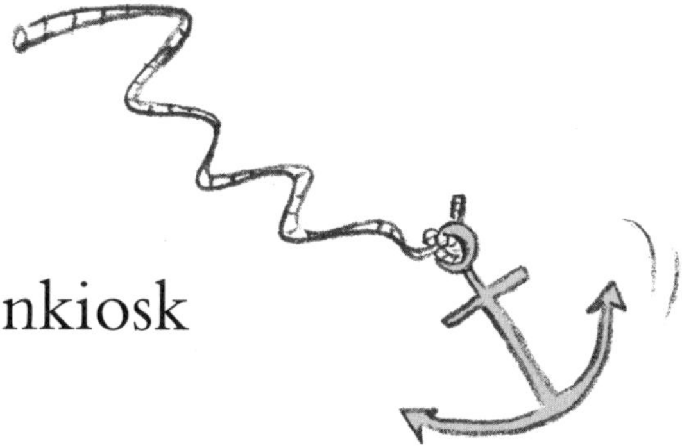

# Harrys Hafenkiosk

»Berniiiie!«, schrie Malte.

Die Stimme drinnen ließ sich nicht stören, sie brabbelte einfach weiter.

Die Fensterluke war mit Brettern verschlossen, um Einbrecher abzuschrecken. Aber wir waren keine Einbrecher, wir waren Befugte. (Das nennt man doch so, oder? Für Unbefugte ist alles Mögliche verboten, aber für Befugte ist alles erlaubt.)

Deshalb linste ich durch einen Spalt im Holz, um drinnen was zu erkennen. Nick Adlerauge in Hochform.

»Siehst du was?«, fragte Malte ungeduldig.

Natürlich sah ich was, ich war ja nicht blind. Ich erkannte Bernie. Er saß auf dem Boden, hatte ein Heft auf den Knien und neben ihm saß Daisy. Bernie las dem Hund was vor und Daisy lauschte entzückt.

»Seit wann kann Bernie lesen?«, wollte ich wissen.

Malte zuckte nur mit den Schultern.

*»… die Königstochter trug ein winziges Kleidchen und in der Hand hielt sie ein goldenes Schwert. PENG!, haute sie es dem bösen Rennfahrer auf die Rübe. Dann kam die gute Fee in einem wunderschönen Bikini angelaufen …«*, drang es zu uns nach draußen.

Okay, Bernie hatte also lesen gelernt und Daisy mochte Märchen. Beides war uns neu. Genauso wie die Geschichte von der Prinzessin, dem Rennfahrer und der Bikini-Fee.

Eine seltsame Kombination, untypisch für die Brüder Grimm. Aber das war jetzt nicht so wichtig. Viel interessanter war die Frage, wie wir Bernie da rauskriegen sollten.

Malte hämmerte gegen die Tür. »Bernie, kannst du uns hören?«

Ich lugte wieder durch den Spalt am Fenster. Zuerst sah Bernie erschrocken auf. Aber dann strahlte er wie immer.

»Huhu, Malte!«, rief er fröhlich.

»Bernie, kannst du die Tür aufschließen?«

»Nei-hein!«, rief er noch fröhlicher.

»Steckt von innen kein Schlüssel?«

»Nei-hein!«

Olli schob Malte weg. »Lass mal den Fachmann ran!«

Ein Tritt, ein Knirschen – das wär's gewesen, egal, ob befugt oder nicht. Aber bevor Olli zur Tat schreiten konnte, griff wieder mal Jule ein.

Also, irgendwie war diese Jule schon cool. Sie machte immer was, womit keiner von uns gerechnet hätte. In diesem Fall schob sie Olli energisch zur Seite, griff sich lässig in die Hosentasche und zog etwas hervor.

Richtig, einen Schlüssel.

Sie steckte ihn ins Schloss. Er passte. Und guck mal an – Sesam, öffne dich! –, ging die Tür mit lautem Quietschen auf.

»Hab ich's mir doch gedacht!«, murmelte Jule.

Malte schoss auf Bernie zu wie eine Rakete und schloss ihn in die Arme.

»Mensch, Junge, mein fetter Vetter – da bist du ja wieder!«

Ich weiß nicht, ob Malte vor Glück heulte oder ob das Bernies Rotz war, aber das war letztendlich auch wurscht. Daisy freute sich wie toll und sprang kläffend an beiden hoch. Und um das Ganze abzurunden, kam auch noch Ratte Wilma angetrabt und lief quiekend um das Trio herum. Was für eine Vorstellung! Es sah aus, als ob man einer Laientheater-Gruppe den Befehl gegeben hatte: »Spielt mal ordentlich Wiedersehensfreude!«

Jule schob Olli und mich auch noch rein in den Laden und machte schnell die Tür zu. Ich sag ja, die war echt cool. Denn wenn einer von den Dreien wieder rausgeflitzt wäre, hätte die ganze Geschichte von vorn begonnen. Wieder und wieder und wieder …

Noch mal STOPP!!

Diesmal für dich.

Ich muss noch mal was erklären, denn sonst kannst du nicht folgen.

1. WIE kam Bernie in den Kiosk?
2. WIESO hatte Jule einen Schlüssel für den Kiosk?

Fangen wir bei Bernie an.

Film ab – Rückblende Start.

Zwei Stunden vorher …

Zwei Stunden vorher:
2x
Puh, ist das öde!
Ich hab Hunger!
Wilmalein!!!
St. Pauli
Außerdem hab ich Durst.
Daisy-Hündchen!!!
kiosk
kiosk

Durst macht erfinderisch... Bernie schleicht in das Lager des Kiosk-besitzers.
...und trifft zwei alte Bekannte.
Daisy
Wilma
Zitronen Limo
HEINBERL
Versteckt euch! Daisy! Wilma!
Cola
Yummie
Yummie
Zitronen Limo
Der Kioskmann geht nach Hause.
Zeit, es sich gemütlich zu machen.
Oij-oij oi!!!
Bernie liest:
Hey Baby!
Da kam der Königssohn in seiner goldenen Kutsche...
Der Rest ist bekannt.

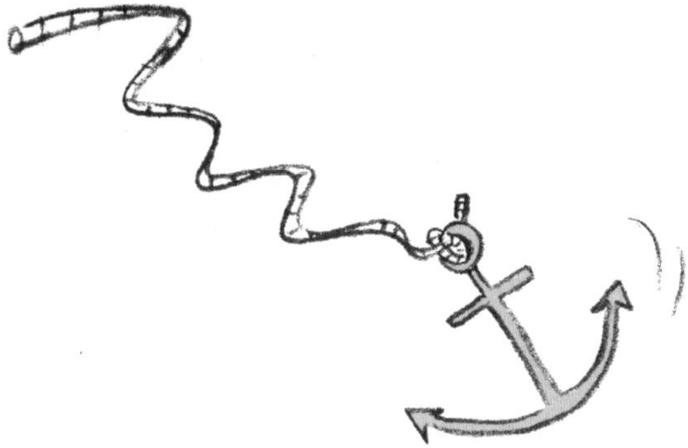

# Peinlich!

Und nun zu Jule.

»Woher hattest du den Schlüssel?«

He – die Frage war ja wohl erlaubt! Schließlich hatte Jule sich schon den Schuppen unter den Nagel gerissen und Maltes Rad sowieso. Wollte sie sich jetzt etwa auch noch den Kiosk schnappen?

Jule grinste. »Dreimal darfst du raten!«

Darauf hatte ich nun zufällig gar keinen Bock. Wir waren ja schließlich nicht beim Fernsehquiz. Und ich wollte das Ganze mal zu Ende bringen, möglichst noch in dieser Nacht.

»Der Schlüssel gehört Tatze«, gab Jule schließlich zu. »Der hat manchmal im Kiosk gejobbt. Früher, als er noch daran glaubte, dass man Geld mit ehrlicher Arbeit verdienen kann. Er hat sich ein Duplikat gemacht, so für alle Fälle. Das hat er mir mal erzählt, ist ihm irgendwann beim Prahlen rausgerutscht.«

Wir mussten nicht lange überlegen, welche Fälle er meinte.

»Er ist ihm vorhin aus der Tasche gerutscht, als wir uns um den Rucksack stritten. Noch Fragen?«

Ja, ungefähr zehntausend. Zum Beispiel:

»Woher wusstest du, dass es der Schlüssel zum Kiosk war?«

»Wusste ich ja gar nicht. Hätte genauso gut der Schlüssel fürs öffentliche Klo sein können. Oder für den Haupteingang vom Buckingham Palast.«

Stimmt, die Wahrscheinlichkeit war groß.

»Schlüssel sind doch immer spannend, oder? Irgendwo müssen sie ja reinpassen. Man muss nur ausprobieren, worein. Nach dem Motto: *try and error.*«

Jule stieg deutlich in meiner Achtung. Nachdem sie jetzt mehr als Zwei-Wort-Sätze sprach, kam nun auch noch perfektes Englisch dazu. »Und woher wusstest du, dass Bernie im Kiosk war?«

»Wusste ich nicht. Aber ich hab's geahnt. Spätestens als Wilma uns den Weg dorthin zeigte.«

Ach ja, dieses Flatterding …

Für einige Momente hatte ich doch tatsächlich geglaubt, Jule sei ganz in Ordnung. Aber nun nahm ich alles wieder zurück. Wenn die immer noch an den Quatsch mit der fliegenden Ratte glaubte, dann war ihr echt nicht zu helfen. Und damit gehörte sie unwiderruflich in den Club der ernsthaft bescheuerten Mädchen.

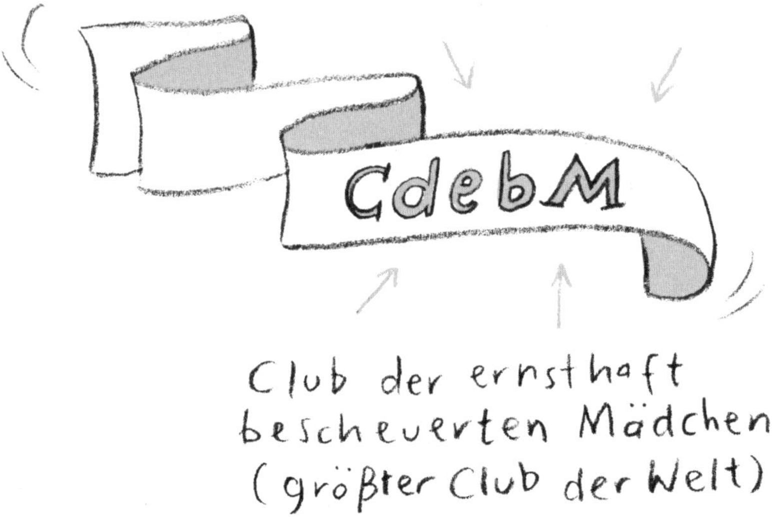


Kennst du das Gefühl, wenn du so richtig schön erleichtert bist? Da fällt dir nicht nur ein Stein vom Herzen, da rollt eine ganze Lawine!

Und plötzlich bist du sie los, die ganzen blöden Sorgen. Komisches Gefühl. Als ob du plötzlich 100 Kilogramm leichter wärst … na ja, zumindest zehn.

Aber tatsächlich ging es uns so.

Daisy war wieder da und würde den Rest ihres Lebens artig an der Leine spazieren. Zumindest wenn sie mit Olli und mir unterwegs war, was hoffentlich nicht mehr so oft vorkam.

Bernie war wieder da und kam für den Rest seines Lebens ebenfalls an die

Leine (keine Sorge, nur bildlich gesprochen). Jedenfalls so lange, bis Malte wieder mal die Nase voll hatte vom ewigen »Babysitten«. Aber vermutlich würde es dieses Mal ein wenig dauern; der Schreck saß noch zu tief.

Wilma war auch wieder da, aber das interessierte eigentlich nur Jule. Und die dachte nicht daran, Wilma an die Leine zu nehmen.

Aber eines möchte ich an dieser Stelle mal ganz besonders betonen: Wir haben nicht mit den dreien geschimpft. Echt nicht, kein kleines bisschen! Obwohl wir allen Grund dazu hatten, schließlich haben die uns gründlich den Abend versaut. Aber Bernie würde unsere Sorgen sowieso nicht verstehen. Er würde bloß lachen und uns alle abknutschen, darauf konnten wir gut verzichten; wir waren schon nass genug vom Regen.

Überhaupt hatten wir mit Bernie noch alle Hände voll zu tun. Der wäre nämlich am liebsten dageblieben. Ein ganzer Laden voll mit Süßigkeiten, Hotdogs, Cola und Eis. Und Bernie mittendrin! Für ihn war das hier das Paradies auf Erden und ihn da rauszuholen war ähnlich brutal wie die Vertreibung von Adam und Eva aus dem Garten Eden.

Wir probierten es mit tollen Versprechungen, zum Beispiel:

Das alles ließ Bernie völlig kalt. Er guckte uns nur an, als hätten wir nicht alle Tassen im Schrank. Weißt du, was er wirklich wollte?

»Das Buch zu Ende lesen!«

Also drückten wir Bernie den PLAYBOY in die Hand. Da war er dann glücklich und zog zufrieden mit uns ab.

Wie Bernie das zu Hause seinen Eltern verklickern würde, war nicht unser Problem. Wir hatten alle genug zu verklickern, da kam noch gehörig was auf uns zu. Zum Beispiel wieso wir mitten in der Nacht klatschnass vom

Hausaufgabenmachen kamen. Das könnte echt noch interessant werden …

Schweigend gingen wir wieder zurück zu unseren Rädern. Nur Bernie plapperte fröhlich vor sich hin wie ein Papagei. Ich glaube, dies war bisher die aufregendste Nacht in seinem ganzen Leben. In meinem allerdings auch.

»Was sagst du denn nun deinen Eltern?«, fragte Olli und sah Jule listig an.

Altes Schlitzohr! Der dachte doch tatsächlich, dass er in letzter Sekunde noch was aus ihr rauskitzeln könnte.

Fehlanzeige.

»Wo musst du jetzt hin?«, bohrte Olli gnadenlos weiter.

Jule deutete mit dem Kopf rüber zur anderen Elbseite.

»Oh, da wohnst du? Ich komm dich besuchen!« (Natürlich Bernie, begeistert wie immer. Er freute sich schon auf den Ausflug.)

Jule lächelte nur müde. »Woll'n mal sehen, kleiner Mann!«

Sie wuschelte durch sein Haar und das war ihr Abgang. Hände in den Taschen, die Kapuze hochgeklappt, stapfte sie davon.

Ich hatte sofort ein Bild vor Augen: Lucky Luke, wie er mit seinem treuen Pferd Jolly Jumper in die untergehende Sonne ritt: »*I'm a poor lonesome Cowboy, and a long way from home.*«

Na gut, zugegeben, es fehlte noch einiges, zum Beispiel der Gaul und die Abendsonne. Aber romantisch war es trotzdem.

»Sieht man sich mal?«, rief Malte ihr nach.

Von hinten war nur ein Schulterzucken zu sehen.

Und dann passierte etwas, was ich noch vor wenigen Stunden niemals erwartet hätte: Jule tat mir leid. Okay, sie war ätzend. Rotzig und frech. Und sie klaute wie ein Rabe. Aber sie war allein. Und sie hatte weder Geld noch ein Fahrrad, um nach Hause zu kommen. Wo immer ihr Zuhause auch war.

Das war irgendwie ungerecht.

»Ey, warte mal!«

Ich spurtete hinter Jule her. Dann stieg ich vom Rad und schob es ihr hin. »Da, kannst du haben.«

Jetzt sah Jule mich an, als ob ich direkt vom Mars käme.

»Echt?«

»Echt.«

Sie überlegte und betrachtete es. Da war ich schon wieder genervt, aber nur ein ganz kleines bisschen.

»Ich weiß: So ein dolles Ding wie das von Malte ist es nicht.«

Und weißt du, was ihre Antwort war? Nee, kannst du natürlich nicht wissen. Und ich bin mir auch gar nicht sicher, ob ich es erzählen sollte. Es ist nämlich ganz furchtbar peinlich …

Okay. Es gehört ja schließlich zur Geschichte dazu!

Auch wenn es HOCHGRADIG PEINLICH ist.

Jule beugte sich nämlich zu mir rüber und gab mir einen KUSS.

schmatz !!

Einen echten Schmatzer auf die Backe. Nicht zu vergleichen mit den Geburtstagsküsschen von meiner Tante Olga. Und schon gar nicht mit den »Gutenmorgenmeinjunge-aufstehenaberzackzackesistschonspätrausausdenfedern!«-Busserln meiner Mom, die mich hochmotiviert auf den Tag einstimmen sollen (und meistens das Gegenteil tun).

Ich spürte, wie mir das Blut in die Birne schoss, von unten nach oben, entgegen allen Gesetzen der Schwerkraft. Und ich leuchtete mindestens so rot wie das Feuerschiff Elbe 1, das hinten bei den Landungsbrücken lag.

Jule tat so, als hätte sie es nicht bemerkt. Hatte sie vielleicht auch nicht. Lässig stopfte sie Ratte Wilma in ihre Tasche und trat in die Pedale.

»Die Gangschaltung ist scheiße!«, hörte ich sie noch rufen. »Ich bring es dir wieder. Versprochen!«

# Langeweile

Bevor es nun in die Endrunde geht, muss ich zuallererst etwas klarstellen:

NEIN, ich war nicht verliebt!

Das mit Jules Kuss vergessen wir mal ganz schnell wieder. Das musste echt nicht sein.

Und dass ich ihr mein Rad gegeben habe, hatte einen einfachen Grund: Die Gurke ist uralt. Die gehört schon lange auf den Müll und ich verdiene was Neues. Meine pädagogischen Eltern sind da natürlich anderer Ansicht.

»In meiner Jugend war man froh, wenn man überhaupt ein Fahrrad hatte!«, sagt mein Dad immer. Als ob der im letzten Jahrhundert gelebt hätte. Äh, Moment – hat er ja tatsächlich! Sogar im letzten Jahrtausend. Aber selbst da gab es schon Räder, die besser waren als mein altes Klappergestell, auch wenn Dad gern was anderes behauptet.

Und wenn das olle Ding jetzt endlich weg war (»böse, böse Fahrraddiebe!«), blieb meinen Eltern keine andere Wahl.

(Jepp – nächsten Monat hab ich Geburtstag!)

Ach so, ich muss ja auch noch erzählen, wo ich jetzt gerade war:

Und da stand der Schuppen, immer noch ...

Ich weiß nicht, warum ich wieder hergekommen war; ich hatte wohl einfach Langeweile. Was in der Nacht davor passiert ist, war echt krass. Und ich dachte mir: Das mit der Hafenbande ist wirklich keine schlechte Idee. Zumindest waren wir ein gutes Team: Olli, der gnadenlose Macher. Malte mit seinem spleenigen Dünkel und Bernie, der alles erst ein bisschen später rafft. Na ja, und natürlich ich, Nick, *the brain*. Stratege durch und durch; ich würde sagen, der Chef der Truppe. Und Jule? Die war irgendwie außen vor, aber irgendwie auch wieder nicht … Zumindest hätte ohne sie unser Abenteuer von letzter Nacht erst gar nicht stattgefunden, das muss man der Ehrlichkeit halber sagen. Was nicht heißen soll, dass sie irgendwie Anspruch auf den Schuppen hätte! Nee nee, eindeutig: Der gehörte uns. Was wir dort machen würden, war mir noch nicht ganz klar, aber das würde sich schon ergeben. Es musste ja auch nicht immer gleich das ganz große Abenteuer sein. Wir könnten zum Beispiel einfach Fußball gucken, Memory mit Geldscheinen spielen oder ganz blöd vorm Computer hocken. Was man eben so macht, wenn man nichts macht.

Obwohl – ein BISSCHEN Abenteuer wäre gar nicht schlecht … Der Schuppen als Kommandozentrale zur Aufklärung aller Verbrechen im Hafen, das wär's! Von hier aus würden wir einen erbitterten Kampf gegen

Menschenhandel, Schmuggel und Fahrradklau führen. Hier im Verborgenen würden alle Fäden zusammenlaufen. Denn eins war sonnenklar: Der Schuppen blieb geheim. Keine Besucher, keine Gäste. Und nie wieder schmutzige Geschäfte im Schuppen! Wer sich daran nicht hielt, wäre raus. Ohne Gnade. Aber so weit waren wir ja noch nicht. Bevor man jemanden rausschmeißen kann, muss man erst mal eine Bande haben. Einen Schritt nach dem anderen, Nick! Du bist schließlich Stratege.

Dahinten kam Olli angeradelt. Ohne Daisy im Schlepptau, zum Glück. Und dahinter erkannte ich Malte. MIT Bernie im Schlepptau, zum Glück! Auf die Jungs war echt Verlass. Aber vielleicht hatten die genau wie ich auch nur Langeweile …

Und was war mit Jule?

Keine Ahnung.

Auf mein Rad war ich wirklich nicht scharf (erwähnte ich, glaube ich, schon). Und ob ein Mädchen in eine Bande gehört, wusste ich ehrlich gesagt auch nicht. Vielleicht war sie im CdebM doch besser aufgehoben.

Mein Hals tat weh, die Nase lief. Ich wischte den Rotz weg und kümmerte mich nicht drum. Olli kam

auf mich zugerast und bremste wie ein Stuntman im Film. Perfekt.

Hinter ihm machte Malte auf Bernies Rad dasselbe und der Kleine landete wie immer im Dreck.

»Da sind wir!«, strahlte er mich an.

Ach, ist das schön, wenn man sich auf seine Leute verlassen kann! Alles war wie immer. Alles war gut.

Bis Malte was Blödes sagte.

»Mein Handy ist weg. Seit heute Nacht.«

In dem Moment dachten wir alle dasselbe und das war ehrlich gesagt nichts Nettes. Denn keiner von uns glaubte an einen Zufall. Oder an ein Versehen. Und an Schicksalsfügung erst recht nicht.

»Malte sagt, er dreht Jule den Hals um«, quakte Bernie los. »Aber ich beschütze sie. Jule ist das netteste Mädchen auf der ganzen Welt.«

Na ja.

Ich wünschte mir manchmal, alles wäre so einfach, wie Bernie es sah. Für den gab es klare Trennungen zwischen Gut und Böse, und das Meiste war ohnehin gut. Und er käme niemals auf die Idee, dass eine Gute einem Freund das Handy klaut.

»Ist doch fein, wenn sie Maltes Handy hat. Dann kann ich Jule anrufen.«

Manchmal hat der kleine Holzkopf doch tatsächlich gute Ideen.

Ich holte mein Handy raus und wählte Maltes Nummer. Dabei war ich mir nicht sicher, was ich lieber hätte: Klingeln bis zum Umfallen. Oder Jules Stimme …

»Hi Nick!«, hörte ich sie da am anderen Ende. »Bin schon unterwegs. Ich muss euch ja ein paar Sachen zurückbringen. Ciao, bis gleich!«

Glück für Malte.

Pech für mich.

Nun musste ich das mit dem neuen Rad mit meinen Eltern wohl noch mal diskutieren. Echt anstrengend! Aber bis zu meinem Geburtstag war es zum Glück ja noch ein bisschen hin.

»Hab ich doch gesagt: Jule ist lieb. Die klaut keine Handys!« Bernie strahlte über das ganze Gesicht und war rundum glücklich.

Malte grinste etwas verlegen. »Na ja, eine Erklärung ist sie uns schon schuldig«, murmelte er.

Olli grinste auch, aber eher frech. »Da warte mal drauf!«

Genau das taten wir dann auch, wir warteten auf Jule. Aufs Handy, aufs Fahrrad (GROLL!) und auf die Erklärung.

Und während wir da standen und Löcher in die Luft starrten, schoss es mir durch den Kopf: Das ist jetzt DER Moment. Die beste Gelegenheit für mich, das mit der Bande mal zur Sprache zu bringen. Denn bisher war das ja nur meine Idee, die anderen wussten noch nichts davon. Aber eine Ein-Personen-Bande ist witzlos, da musste schon ein bisschen mehr Personal her!

Nur, wie fing man so was an, ohne sich lächerlich zu machen? Vielleicht hielten die anderen das ja für Kinderkram, so Marke Kalle Blomquist und Bullerbü und so …

Ich könnte es lässig-cool rüberbringen, fast wie nebenbei: »Ey Jungs, findet ihr nicht auch, dass wir ziemlich geile Sachen zusammen machen können?« Oh Gott, wie krampfig!

Oder ganz förmlich: »Ich stelle fest, dass wir ein gutes Team sind. Daraus resultiert die Schlussfolgerung ...«

Olli unterbrach schroff meine Gedanken. »Die Warterei ist ja ätzend! Schlage vor, wir radeln ihr entgegen. Und danach gehen wir zum Schuppen und holen endlich Maltes Rad. Den Weg über Kunkels Grundstück soll Jule uns gefälligst zeigen. Sie hat das ja schließlich auch da hingeschafft. Und überhaupt, wollen wir uns nicht öfter mal beim Schuppen treffen und zusammen abhängen?«

Danke, Olli, altes Haus, du bester aller Freunde!

»Warum nicht?«, meinte Malte cool.

Bernie schrie begeistert: »Au jaaa!«

Dann fuhren alle los und ich sprang schnell bei Olli hinten drauf, um den Anschluss nicht zu verpassen. Wie die Affen rasten wir den matschigen Strandweg entlang und brüllten auch genauso. Alle Spaziergänger sprangen erschrocken zur Seite.

»Wilde Bande!«, schimpfte ein Herr.

»Stimmt!«, rief ich zurück.

Dann kamen wir an Harrys Hafenkiosk vorbei, genau wie gestern Nacht. Und da ...

Wieder war ich es, der den Befehl gab. Aber diesmal aus einem ganz anderen Grund.

FLEDER-
MAUSALARM

an der Elbe!

In den letzten Tagen wurden vermehrt Fledermäuse am Elbstrand gesichtet.
Es handelt sich hierbei um den großen Abendsegler, die größte Fledermausart überhaupt.
Bei ihren abendlichen Jagdausflügen entfernen sich die Tiere oft viele Kilometer von ihren Tagesquartieren und erschrecken in der Dunkelheit nichts ahnende Passanten ...

Alle blieben wie angewurzelt stehen und starrten auf die Zeitung beim Kiosk. Bernie quakte als Erster los. »Was steht denn da?«

»Dass Ratten nicht fliegen können«, sagte Olli.

»Dass Jule doch spinnt«, ergänzte Malte.

»Jule steht in der Zeitung? Wie toll!« Bernie war begeistert.

Ich nicht.

In meinem Oberstübchen rangelten gleich mehrere Gedanken um Platz eins der Bestenliste.

- Wieso war ich nicht selbst draufgekommen? Ich war der Wahrheit doch schon dicht auf der Spur gewesen! Von wegen Graf Darcula und so … Fledermäuse und Vampire gehören zur selben Familie, na klar. Okay, gestern Nacht war mein Sensor vom Regen weichgespült, eine andere Erklärung gab es nicht.
- Und hat Jule gewusst, dass das Flatterding nicht Wilma war und uns nur kräftig verarscht? Oder glaubte sie ernsthaft an das Märchen?
- Hat Jule die Fledermaus vielleicht dressiert wie einen Polizeihund? Nicht zum Aufspüren von Hasch, sondern von Vermissten? Zuzutrauen wär's ihr, schließlich hat sie auch Daisy das Tanzen beigebracht …

Viele ungelöste Rätsel, keine Antwort.

In dem Moment tauchte Jule endlich auf und eigentlich hätte ich sie einfach fragen können.

Tat ich aber nicht.

Denn ich war wieder mal baff, was dieses Mädchen machte. Sie gab Malte das Handy, mir das Rad und Bernie ein Stück Streuselkuchen. »Hier bitte, hat meine Mutter gebacken. Ist lecker! War aber nur noch ein Stück da.«

STREUSELKUCHEN!

Von wegen *»Lonesome mystery girl«*, allein auf der Welt ohne Gestern und Morgen. Zumindest gab es eine backende Mami. Das setzte einen Backofen voraus, der zumeist in Wohnungen mit einer Küche steht. Das war doch schon mal kein schlechter Anfang. Wer weiß, wenn Jule öfter hierherkam, dann würden wir vielleicht auch noch hinter den Rest ihrer Geheimnisse kommen. Einen Versuch war es wert.

»Und jetzt?«, fragte Jule und sah uns der Reihe nach an.

Olli deutete stumm Richtung Schuppen. Und dort – dann aber wirklich! – würde ich ihnen von meiner Idee mit der Hafenbande erzählen.

»Let's go!«

# Zum Schluss

Alles auf später verschoben.

38,7 °C Fieber.

Wadenwickel und Kamillentee.

Hab letzte Nacht Jule mit Fledermausflügeln gesehen. Blöde Fieberträume!

Die anderen lassen sich lieber nicht blicken, haben Angst, sich anzustecken. Wie dämlich wäre das denn: nicht Hafenbande, dafür »Rotznasenbande«!

Okay, unterste Schublade, ich weiß.

Ich mach jetzt Schluss.

Versprochen.

*Sibylle Rieckhoff* hat an der FH Hamburg Illustration studiert und anschließend einige Jahre als Grafikerin und Art Directorin in der Werbung gearbeitet. Im Jahr 1999 beschloss sie, ihre Ideen doch viel lieber in Geschichten für Kinder zu stecken. Seitdem sind über 50 Bücher in verschiedenen Verlagen erschienen. Sie lebt mit ihrer Familie sowie mit Hund und Katze in Hamburg.

*Susanne Göhlich,* geboren 1972 in Jena, lebt mit ihrer Familie in Leipzig. Neben dem Studium der Kunstgeschichte begann sie zu zeichnen. Dabei ist sie dann auch geblieben. Sie arbeitet für verschiedene Kinderbuchverlage, gestaltet Plakate und illustriert für Magazine. Mittlerweile schreibt sie auch eigene Texte für Kinder.

Thomas Jeier
**Null Null Schnauze**
**Bogey jagt den Tortendieb**

128 Seiten
Hardcover
ISBN 978-3-7641-5055-6

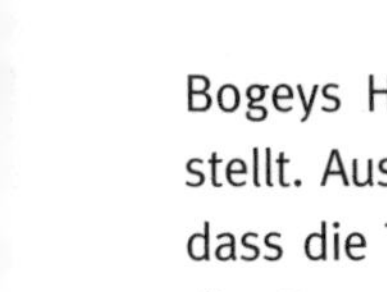

# Hunde, Handschellen & Co

Bogeys Herrchen hat eine fette Geburtstagstorte für Oma Waldemar bestellt. Ausgerechnet die Katze Hammer, die olle Nervensäge, verrät Bogey, dass die Torte aus der Bäckerei Reitmeier gestohlen wurde. Bogey nimmt die Spur des Tortendiebes auf. Auch Sherlock, der Windhund-Detektiv, hat eine verdächtige Tortenwitterung aufgenommen und rennt dabei eine unschuldige Dame mit ihrem gerade gekauften Kirschkuchen über den Haufen. Doch Bogey lässt sich von all diesen Geschehnissen nicht ablenken und bleibt dem richtigen Dieb dicht auf den Fersen ...

**www.ueberreuter.de**
**www.facebook.com/UeberreuterBerlin**